最強
クの
迷宮攻略
5
リービーが近づいてきた。
JN053253

「ヒグゥッ!ほ、本当ですわ!
ね、ねぇそうですわよね!
ら、ラナ? レナ!』

ミーティは護衛の二人に声をかける。

リリィは元気よくリリアに抱き着き、
リリアは言葉を促すように視線を向けてくる。

「兄さんも、自分の仕事に集中してくださいね」
微笑とともに手を振ってくるマニシア。

「チャンス、といっても……」
マリウスに抱えられるようにして、グラトもいて…
そのグラトがルードに何かを知らせるように指で示していた。

INTRODUCTION

魔王 vs コピー!?

「魔物に襲われているイージス村を救ってほしい」

そう**ミーティ**から依頼を受けた**ルード**たち。
そんな時、異様な魔力を持つ**魔王リービー**が姿を見せた。
突然の魔王の登場に警戒するルードだったが、
その魔王は異常なほどにミーティに懐(なつ)いていた。
ミーティとリービーの話を聞き、
イージス村の救助へと向かうことを決意したルードは
仲間たちとともにイージス村へと向かう。
イージス村を襲う魔物の原因は、リービーが作った**迷宮**だった。
だが、その迷宮はリービーの制御から手を離れてしまっていて、
一度迷宮を攻略する必要があった。
すぐに皆とともに迷宮へと入ったルードたちが
順調に内部を攻略していき、
迷宮の最奥で**リービーのコピー**と戦うことになる。
リービーコピーとの戦いでは、
これまでの魔王たちとの戦いで成長していた
ルードたちが優勢に立ち回っていくのだが――。

最強タンクの迷宮攻略　5

木嶋隆太

ヒーロー文庫

最強タンクの
迷宮攻略
5

CONTENTS

illustration
さんど

イラスト／さんど
装丁・本文デザイン／5GAS DESIGN STUDIO
校正／吉田桂子（東京出版サービスセンター）
DTP／天満咲江（主婦の友社）

プロローグ　日常に差す影

　王都での依頼を終えた俺たちは、王都で僅かに滞在したあとアバンシアへと戻ってきた。

　新しく仲間になったグラトもつれ、アバンシアへと戻ってきた俺はアバンシアが無事だということにひとまず、ほっと胸を撫でおろす。

　アバンシアに戻るまでで一番不安だったのは、俺たちが離れている間も村の治安が守られているかどうかだった。

　しかし、それは杞憂だった。

　残っていたホムンクルスたちはもちろん、ギルドの人たちの助力もあり、アバンシアは平和そのものだった。

　村近くのアバンシア迷宮もアモンが管理してくれているし、それ目当ての冒険者たちも俺たちの名前を聞けば問題を起こすこともなかったそうだ。

　これは、魔王討伐などのおかげで俺の名前がそれなりに広まっているおかげでもあるようだ。

アバンシアに到着してから数日が経過したが、もちろん大きな問題は起きていない。

グラトに村を案内したり、マリウスたちとともに子どもへの戦闘指導をしたり……。

そんな平和で落ち着いた生活が続いていた。

……ようやく、俺もマニシアとのんびり生きていけそうだ。

俺は、金を稼ぐ必要がないのなら、ずっとそうしていたかったからな……。

毎朝マニシアの笑顔に癒やされ、夜はマニシアの笑顔を見てから就寝。

ああ、平和で幸せな生活。

このところ、高難易度の迷宮攻略や強敵との戦いが多かったからなぁ。

もうこれから先一年くらいはゆっくりしていたいものだ。

ここ最近様々な依頼があったため、しばらく迷宮に潜らなくても十分なだけのお金も稼げているしな。

そんなことを考えながら起床した俺は、今日は一体どんな風にのんびり過ごそうかと思いながら身支度を済ませる。

身支度、といっても冒険者用の衣服ではなく普段着だ。

俺のやることといえば村内を少し出歩く程度だからな。

身支度を終えた俺は頭をかきながら部屋を出る。

そこにはいつものように世界一可愛い我が妹のマニシアがいて……その隣に、アモンもいて困惑してしまう。

　朝から一体、なぜ。

「うまいのぉ、やっぱりマニシアの朝食は世界一じゃな」

「そんなことないですよ。あっ、兄さんが起きてきたみたいですよ」

「おっ、ルード。おはようじゃ」

　アモン。

　見た目は可愛らしい少女なのだが、彼女はこう見えて魔王の一人だ。

　暴れたとしたら村一つ簡単に破壊できるような力を有しているため、油断できない相手ではある。

　……マニシアが作った朝食を美味しそうに食べている姿は、とてもそうは見えないが。

　というか、マニシアが作ってくれた俺の朝食が減ってしまっていることが許せない部分でもあった。

　アモンは今のところ、俺たちとかなり仲良くしているのだが、それでもやはり魔王の一人だ。

　アモン以外の魔王には、こちらへ危害を加えようとしてきた者たちもいたため、アモンのことも少しくらいは警戒してしまう部分はある。

　まあ、それでも本当に少し、だけど。

それにしても、朝からどうしたんだろうな。

まさか、厄介事ではないだろうな？

そんな不安を胸に抱きながら、俺は彼女に問いかけた。

「おはよう、二人とも。アモンは朝早くからどうしたんだ？」

「それがの――」

アモンが言いかけたそのときだった。

突然、外で激しい音が響きだす。

まるで何かが激しくぶつかるような乾いた音。

それがしばらく続いたところで、「ありがとうございました！」という声が聞こえる。

朝からとても元気だ。

村の子どもの声と剣の音から、理由はすぐにわかった。

「マリウスが、今日は庭で訓練しているのか？」

「そうですね。朝食を準備してほしいと頼まれているんです」

そうにこりと微笑んで庭のほうを見るマニシア。

彼女の後ろのキッチンには大きな鍋が用意されていた。

マリウスや子どもたちの分まで作っているのだろう。

「……朝から結構作ってるけど、体のほうは大丈夫か？　無理してないか？」

マニシアは、生まれつき体が弱い子だった。

今でこそ、落ち着いているが……またいつぶり返すかわからない。

だから、俺としてはとてもとても、それこそ世界中のどの事件よりも心配なのであるが、マニシアは二の腕に力を込めるようにしてぐっとポーズをとる。

細い腕と笑顔のマニシアは今日も世界で一番可愛(かわい)い。

「大丈夫です。むしろ、楽しいくらいですからね。相変わらず、兄さんは心配性なんですから」

……楽しんでいるのなら、大丈夫かな？

マニシアが楽しいと思えることが、俺にとっても大事なことだからな。ただ、無理はしないように見張っておく必要はあるけど。

そんなことを思っていると得意げにアモンが胸を張る。

「ルードはいつまで経(た)っても心配性じゃのお」

「そうでもないと思うぞ？　兄っていうのは妹を気遣うものなんだ。あくまで平均くらいだ」

「いやいや。どう考えても過剰じゃよ。それに、今朝に関してはわしだって料理の手伝いをしたんじゃ。そう心配するでない」

「手伝い？　アモンは料理できたのか？」

「味見じゃ！　美味しかったぞ！」

ドヤ顔を浮かべるアモン。

俺はそこに触れないことにした。

「……マリウスたちの様子を見てくるな」

「あっ、兄さん。ついでに朝食できあがりましたので、切り上げてくださいと伝えてください」

「わかった」

俺はアモンを横目にしながら玄関を開ける。

外ではマリウスと村の子どもたちが武器を振るっていた。

……マリウスは魔人と呼ばれる種族であり、アモンと近い種族だそうだ。

正確には違うようなので、同じように扱うと滅茶苦茶怒るので注意が必要だ。

初めは彼にも警戒心を抱いていたのだが、今ではとても信頼できる仲間だと思っている。

それに、マリウスは子どもを指導するのが好きなのか、村の子どもたちに稽古をつけている。ただし、魔法を教えるアモンのほうが人気ではあるようだ。

まさにマリウスと子どもが木剣での斬りあいの訓練を行っていて、向かい合っている。

今対峙している子以外はマリウスたちを囲むようにして稽古を見学していたり、傍で見

学しながら素振りをしていた。

　そんな、見学していた子どもたちの視線がこちらへと集まり、明るい笑顔とともに手を振られる。

「ルード！　おはよう！」

「ルード兄ちゃん！　おっはよう！」

　子どもたちが俺を見るや否や大きな声を上げて頭を下げてくる。

　そんな彼らに返事をしながら、ちょうど稽古を終えたマリウスへと近づく。

「おう、ルード。おはよう。どうしたんだ？」

「おはよう。今日も朝早くから稽古していたんだな」

　マリウスや子どもたちの少し疲れた様子などを見るに、俺がぐっすり眠っていた時間から行っていたのだろう。

「そうだ。今日は昼に外で実戦訓練をする予定だからその準備体操、といったところだ。マニシアの朝食をいただいてから、向かう予定だな」

「村の外か。一人で大丈夫なのか？」

　子どもの数はそれほど多くないとはいえ、魔物を警戒するとなると一人では大変な部分もあるだろう。

　俺も手が空いているので行けないことはない。ついていくことも検討していると、マリウスは首を横に振った。

「何人かホムンクルスたちもついてきてくれることになっているからな。安心しろ。そもそも、オレ一人でも大丈夫なくらいさ」

マリウスが快活に笑う。彼の実力はかなりのものだ。

それに、アバンシアの周辺に現れる魔物は比較的弱い魔物ばかりだ。

大丈夫だろう。

「わかった。もうマニシアも料理がほとんど終わっているみたいでな。皆、朝食にしないか？」

「おお！　そうかそうか！　それじゃあ皆よ。朝食にするぞ！」

マリウスが笑顔とともにそう宣言すると、子どもたちが嬉しそうに声を上げる。

マニシアの料理は滅茶苦茶美味しいからな。

それこそテンションが上がるのは当然だ。

マリウスたちは急ぐように木剣などを片づけ始め、伝令を終えた俺は家へと戻る。

「兄さん、マリウスさんたちはどうでしたか？」

「もう朝食の時間で大丈夫だそうだ。準備するか？」

「そうですね。今日は外で食事をしますから、テーブルや椅子を並べないといけませんね」

普段は家の陰に片づけているテーブルなどがある。

外で食事をするときに使うのだが、いつも使うわけではないので使うときだけ用意しているものだ。

マリウスたちにも手伝ってもらおうか、と思ったときアモンが席から立ち上がる。

「それなら、わしに任せるんじゃよ」

彼女がそう言って玄関から外へと出て、ばちんと両手を合わせた。

手を叩く と同時に、彼女の周囲から風が生まれた。

アモンの魔法だ。

その風は、家の裏に置かれていた木製のテーブルや椅子を並べ、キッチンに置かれていた大きな鍋をテーブルにまで運んでいく。

スープが入ったそれをこぼさないよう魔法で操るのはなかなか大変そうに思えるが、さすがに器用だな。

風はさらに吹きぬけ、家の中の食器なども運んでいく。

あっという間に食事の準備が整い、アモンの視線がこちらへと向いた。

褒めろと言わんばかりに胸を張っている彼女に、苦笑とともに応える。

「ありがとなアモン」

「ふふん。これがわしの手伝いというわけじゃ。無駄に試食していたわけではないからの」

「やっぱりアモン先生の魔法凄い！」

道具の片づけを終えてアモンの魔法を見ていた子どもたちが、目を輝かせている。

「先生！　おれにもああいう便利な魔法教えて！」

「基礎が固まったらのー」

やはり子どもたちから魔法は強い人気があるようで、あっという間にアモンは子どもたちに囲まれる。

そんなアモンを、席に来たマリウスがじろーっと見ていた。

「おい。オレの分の食器がないが、どうしたんだ？」

「そうなんじゃな」

「わざとだろう？」

「そんなことないんじゃよ」

アモンがケラケラと笑ったあと、残っていた風を操って最後の食器をマリウスのもとへと運んだ。

……この二人は、魔人と魔族という関係だそうであまり仲良くない。

このような喧嘩ともいえない小競り合いは日常茶飯事なので、俺たちも特には何もしない。

まあ、兄妹がじゃれあっているようなものだろう。

子どもたちの食器にルナが作ってくれたスープを入れていると、ルナが大きな籠(かご)を運んでくるのが見えた。

ルナは見た目のわりに力はあるのだが、籠が大きく動きづらそうに見える。

「マニシア。ちょっとルナを手伝ってくる」

「わかりました」

スープをよそうのをマニシアに任せ、俺はルナのほうに近づいて籠を受け取った。

籠を支えるようにすると、ルナの顔がひょこりとこちらに向き、嬉(うれ)しそうな微笑を浮かべる。

「大丈夫か、ルナ?」

「あっ、ありがとうございますマスター。サミミナたちが用意してくれたパンがこちらに入っていまして、皆さんで食べてください、と」

「そうなんだな、持ってきてくれてありがとな」

俺がそう言うと、ルナは嬉しそうに微笑(ほほえ)んだ。

それから、全員で朝食を食べる。

子どもたちの親御さんたちも来て、おかずを持ってきてくれたりしてさらに賑(にぎ)わっていく。

時々子ども同士でのおかずの奪い合いや、マリウスとアモンのおかずの取り合いなどはあったが、平和そのものだ。

久しぶりに、望んでいた生活が戻ってきた。

そんなことを考えているときだった。

先に食事を終えたアモンが思い出したような声とともに口を開いた。

「そうじゃったそうじゃった。ルード、少し話しておきたいことがあったんじゃが」

「どうしたんだ？」

「今度、魔界のほうで新しい魔王が決まるということで、わしも顔合わせに行ってくるんじゃよ。ついでに、ちょっと魔界でやりたいこともあるから、しばらく村を空けるんじゃよ」

「……なんだって？」

平和を破壊するような発言を残したアモンの言葉に、俺は頬が引きつった。

第二十六話　緊急依頼

あっけらかんとアモンは言ったが、俺たち人間にとっては聞き流せない話だ。

魔王が増える、ということは新たな脅威が生まれるわけだからな。

ただでさえ、グリード、ヴァサゴといった問題児たちがいたわけだ。

もちろん、アモンのように仲良くなれることもあるのかもしれないが、それは稀なのではないかとも思っている。

アモンの発言に反応したのは俺だけではなく、マリウスも顔をしかめている。

「アモン。新しい魔王が増えるということは今いる魔王の誰かがクビになるということか？」

魔王って、そういう制度なのだろうか？

そもそも彼らについてそこまで詳しくない俺からはそんな疑問が出てきてしまう。

「そうじゃ。グリードは魔王の力を失う、というわけじゃな」

「……今度の魔王は、大丈夫なのか？」

魔王選定の基準はわからないが、少なくとも俺たち人間にとってはあまり嬉しいことではないだろう。

大丈夫、というのも人間側の視点と魔族側の視点では意味合いが変わってくるだろうし。

「どうじゃろうな。わしもまだ顔を合わせたことはないからの。わしのような常識的な者であればいいんじゃがな」

「誰が常識的なんだかな」

マリウスが呆れたように息を吐き、パンを食べていく。マリウスは悪態をついているが、アモンはまだ全然マシなほうではある。

マシなほう、ではある……うん、マシなほうでは……。

「村を離れる、ということはわかったんだが……例えば新たな魔王が俺たちやこの国に危害を加えるような可能性はあるのか？」

……例えば、俺たちはすでに魔王三人と戦っている。

魔王とまでは言わずとも、マリウスのような迷宮を持てるだけの力を持つ者だって倒しているわけだ。

魔族や魔人たちからすれば人間に一定の脅威を感じている者たちだっているかもしれない。

要は、敵対するのかどうか。

そこだけが心配だった。

別に何も危害を加えないのなら、魔王だろうがなんだろうが自由に生活してくれればいいわけだ。

実際、アモンも俺たちに危害を加えないという約束をして、今は自由にしているんだからな。

「それは大丈夫じゃと思うぞ。わしらは別に魔王として人間を滅ぼすのが目的とかそういうわけではないいんじゃしの」

「そうなのか？」

そのわりには被害甚大なことを特にグリードがやっているんだが……。

「グリードやヴァサゴもそうじゃ。彼らはあくまで自分の欲を満たしたいがために人間を利用しているだけじゃしの。わしらは迷宮から得られるエネルギーを使って魔界の生活を豊かにするのが目的なだけで、別に人間自体に興味があるわけじゃないんじゃよ」

「……つまり、どういうことだ？」

……確かに、グリードもヴァサゴも、自分の欲を満たすために行動していた。

人間を破滅させるため……とかではなかったよな。

俺たち人間は魔王を含め、魔界の人々の目的については知らないことが多いんだよな。

「人間の貴族たちは領地をいかに発展させるかを競っておるじゃろう？　魔界の貴族たち

は、人間界に作った迷宮をいかに発展させるかで生活の質が変わる、というくらいの認識で問題ないんじゃよ。優秀な迷宮を作れれば、より魔界での生活を豊かにできるからの。もちろん、魔族や魔人の中には人間に強い敵意を持っている者もいるとはいえ、その数も多いわけではないと思うの」

アモンの言葉に、俺は色々と納得する部分もあった。

確かに、人間でも他種族に対して思うことがある人たちはいる。

アモンの先程の言葉の意味は、そういうことなんだろう。

ただ、アモンの発言に引っかかる部分があったのか、マリウスがぼそりと言葉を漏らした。

「……迷宮を生み出せるような奴らは、自分の生活だけしか考えずに下の者たちが苦労するのだがな」

マリウスの、まるで実体験でもあるかのような言葉に、アモンは視線を一度だけ向けたが特に何も言うことはなかった。

下の者たちが苦労する、か。

……人間でも同じようなことはあるな。

例えば、過剰な税で領民を疲弊させる貴族もいる。

何やら、魔界は魔界で色々と問題があるようだ。

とりあえず、俺としては平和な日常がこれからも続いてくれればそれでいい。

俺は苦笑とともに、アモンに言葉をかける。

「まあ、アモンに何かあったら皆悲しむからな。気をつけて行って来いよ」

俺の勝手な想像だが、魔界は危険な場所なのではないかと思っている。

だからこその声かけだったのだが、アモンはケラケラと笑ってから俺の背中をバシバシと叩く。

「なんじゃなんじゃ！　魔王のわしを気遣うなんてルードはおかしいのぉ！」

「別に叩かなくてもいいだろ」

ていうか、思ったよりも力が強い。

バシバシと叩いてくるアモンが翼をバタバタと動かしていて、マニシアがくすくすと微笑む。

「アモンさんも、そんなに照れなくてもいいじゃないですか」

「て、照れ!?」

マニシアの指摘に、慌てた様子で声を上げる。

マニシアは「はい」と返事をしてから、アモンの翼を指さした。

「以前言っていたじゃないですか。嬉しいときには翼がよく動く、と」

「んな!?　マニシア!?　それは別に、そういう意味じゃないんじゃよ！」

「そうなんですか？　では、少し頬が赤いのはどうしてなんですか？」

指摘されて見てみると、確かにアモンの頬は僅（わず）かに赤くなっている。

それを隠すように、アモンが俺の頬を両手で挟んで首をごりっと横に向けた。痛い。

「そんなことはないんじゃよ！　わしはもう行くからの！」

アモンは逃げるように去って行ったが、それが照れ隠しなのか怒りによってなのかわからなかった。

去っていったアモンの背中を見ながら、先程の会話を思い出す。

新たな魔王か。

何もないことを祈るばかりだ。


アモンの件について多少の心配はあったが、俺が何か干渉できるわけでもない。

どうにもならないことに頭を悩ませていても仕方ないので、俺は自分の仕事を始めようと思った。

今の俺の仕事は村内の巡回だ。

村に何か異常がないか、あるいは異常な行動を起こす人間が現れないかと見張る役目を担っている。

念のために剣だけ持ち、ラフな格好で歩いていく。

途中、すれ違う村人や冒険者と挨拶をしつつ、情報を集めていく。

村内の安全を守るのは当然だが、村周辺も守る必要がある。

村周辺の異常といえば、例えば魔物の異常繁殖や見覚えのない魔物の出現だ。

生態系が変わってしまうこともあるため、魔物の増減に関しては過敏になる。

最近何か変わったことがないかとすれ違う冒険者たちに聞いて回っているときだった。

「あっ、ルード。おはよう」

声のしたほうへと体を向けると、フェアとサミミナの姿があった。

彼女らは村に住むホムンクルスたちで、村のために色々としてくれる良い人たちだ。

こちらへと向かってくる二人に、同じように手を振る。

「おはようございます、ルード」

「おはよう、フェア、サミミナ」

挨拶をしてきた二人に返すと、彼女らが持っていた箱が目に留まった。

「荷物を運んでいる途中か？」

俺の問いかけに、フェアがにこりと微笑んで頷いた。

「うん。ちょっと頼まれのお仕事。ルードは村の見回りって感じ？」

「そうだな。皆にも聞いて回ってるんだけど、最近は大丈夫か？　村のことはもちろん、ホムンクルスたちのことで何かあれば教えてくれ」

彼女らはホムンクルスという立場もあり、俺たちが感じていない問題もあるかもしれない。

差別などはないように見えるが、俺が見えていないだけで嫌な思いをしている可能性だってある。

そんな心配とともに投げかけた質問に、フェアは顎に手を当てて首を傾ける。

「特に問題はなかった……かな？」

彼女の言葉に、ほっと胸を撫でおろす。

……ホムンクルスの人たちにもこの村での生活を楽しんでほしいと思っている。

とりあえず、不満がないようなら良かった。

フェアの言葉に続き、サミミナが一礼の後に口を開く。

「ルード。まだ憶測の段階ではありますが、危惧されていることはあるようです」

「危惧？　どんなことだ？」

「昨日この村にやってきた冒険者が言うには、ゴブリンの数が多かった、と。そこで、我々の中で探知できる者が調べてみたところ、確かにゴブリンの数が増えているようでした」

「そうそう。ホムンクルスたちでなんか異常かも？　と思って調査してたんだよね」

そうだそうだとばかりにフェアは首を縦に振る。

それは厄介だな。

ゴブリン自体は別に脅威ではないが、奴ら（やつ）は雑食だ。草木はもちろん、魔物の生態系にだって影響が出るだろう。

そもそも、アバンシア迷宮がある近辺には果樹園もあるので、そちらにまで出没するようになると村も危険に晒（さら）される。

アバンシア周囲にもゴブリンはいたので、恐らくそれらが繁殖期になって増えているんだろう。

彼らを絶滅させるつもりはないが、多少間引くために動いたほうがいいかもしれないな。

「ゴブリンか……あいつら、繁殖期になると一気に増えるもんな。ギルドはもう知ってるのか？」

俺の言葉にサミミナはこくりと頷（うなず）く。

「はい。一応ギルドには報告しておきました。リリアが調べてみる、と話していました」

リリアか。

彼女が動いているのなら、大きく心配することもないはずだ。

必要があれば俺たちにも気兼ねなく頼ってくるだろうしな。

「そうか。ありがとな。ちょっとギルドに行ってみる」

「はい。お気をつけてください」

「じゃあねー。また暇なときにでもゆっくり話そうねー」

「そうだな」

ぺこりと頭を下げてきたサミミナと手を振ってくるフェアに控えめに振り返してから、ギルドへと向かう。

ギルドに到着した俺が中へと入ると、掲示板に依頼書を張り出していたリリィを見つけた。

ちょうど忙しそうだな。

それなら他のギルド職員に話を聞こうか、と思っているとリリィもこちらに気づいたようで依頼書を持ちながら手招きしてきた。

邪魔したら悪いと思っているのだが、リリィは手招きをやめないのでそちらに向かう。

「おはよう、リリィ。今忙しいか？」

「おはようございます。もうすぐ終わるから大丈夫ですよ。それより、どうしたんですか？」

リリィはリリアの妹だ。ゴブリンの件で、直接何か聞いているかもしれない。

リリィの仕事の邪魔にならないのならば、気の知れた相手だしこのまま聞いてみるとしようか。

「サミミナたちからゴブリンの情報を聞いてな。どうなってるのか知っておいたほうがいいと思って来たんだけど、リリアは今いないのか？」

「やや！　情報を仕入れるのが早いですね」

リリィが目を見開いてから、楽しそうに話し出す。

すでにギルド内でもその話がされていたのか、俺たちの近くにいたギルド職員たちもどこか疲れたような苦笑を浮かべてこちらを見てきた。

「なんでも、そのゴブリンたちってアバンシアにもともといる個体とは違うみたいなんですよ」

リリィの言葉に、俺は眉尻がピクリと上がってしまう。

反射的に厄介だなと感じてしまったからだ。

アバンシア周辺のゴブリンが増殖するだけなら、それらを間引き、適切な状態に戻すだけでいい。

だが、別の地域からやってきたゴブリンとなると話が別だ。

アバンシア周辺のゴブリンたちは、はっきり言って弱い。別の地域のゴブリンたちがアバンシア周辺のゴブリンよりも強い場合、生態系が崩れる可能性がある。

そのため、別個体というのなら根絶やしにする必要がある。

「ってことは、別の縄張りからやってきた可能性があるってことだよな？　どうするんだ？」

「ちょっと放置したら面倒になるかもしれないので、念のためお姉ちゃんが調査兼殲滅（せんめつ）に行っているところなんです。もしもお姉ちゃん一人で殲滅できそうなら、ついでにやってくる、だそうです！」

「なるほどな」

必要があれば俺も行こうかと思っていたけど、リリアがゴブリン相手に苦戦することはないだろう。

リリアがいつ頃戻ってくるかわからないため、またあとで出直すかと考えていると、リリィがぴくりと背筋を伸ばして入り口のほうを見る。

「……どうしたんだ？」

「むむ。お姉ちゃんが帰ってきた気がしますね」

「探知魔法か……？」

「はい。あと、お姉ちゃんの気配がします。あっ、匂いも漂ってきましたね」

「気配は、まあいいけど匂いって……まったくしないが」

「もっとよく鼻に意識を向けてください。お姉ちゃんの花のような、それでいて少し汗が混ざったような匂いが――」

　そう言ったとき、裏手側からリリアがやってきてリリィの頭を軽く小突いた。

「リリィ、変なことを言わないで」

　少し頬が赤いのは、匂いがどうたら言われていたからかもしれない。

　リリアはリリィと比較すると無表情に近いのだが、今はその美しい頬が僅かながらに染まっている。

「お姉ちゃん……！　無事みたいで良かったです」

「まあね。それで、ルード。朝からリリィに何か用事？」

　おはよう、と言おうと思ったところでリリアがじとっとこちらを見てくる。

　警戒するところはそこか。

　リリアは極度のシスコンだ。気持ちはわからないでもないが、リリアの場合は行き過ぎな部分もあるからな。

　リリアのように行き過ぎないよう、俺も気を付けないとな。

　リリィは元気よくリリアに抱き着き、リリアはそれを片手で受け止めて愛おしそうに頭を撫でながら、言葉を促すように視線を向けてくる。

「正確には、リリアに用事だな」

「私？　何かあった？」

「ゴブリンの話をサミミナから聞いてさ。どう動く予定なのかと思ってな。それで、ちょうどリリィがその話を知っていたから少し聞いていたってわけだ」

リリィに近づく不届き者、と思われないよう俺は自分がここにいる理由を丁寧に説明した。

それで、リリアは納得してくれたようで俺に対しての鋭い視線は治まった。

「ああ、それなら――」

もう終わった、とでも返されるのかと思っていたが、リリアの口から飛び出したのは別の言葉だった。

「ゴブリンの巣を破壊するためにルードたちにも協力してほしい」

「……ゴブリンの巣があったのか？」

ゴブリンの巣、となると数体のゴブリンの問題ではなくなってくる。

さすがに、その規模になると厄介極まりないぞ。

労力を想像し、頬が引きつってしまう。

「うん。地下に巣を作るタイプみたい。たぶんだけど、入り口がいくつかあって、出口がアバンシア近くに繋（つな）がっちゃったんだと思う。ざっと探知魔法で調べてもらったけど、巣の規模が結構大きいみたい」

「……なるほどな」

「入り口から毒でも流しこんでやろうかと思ったけど、中に人もいるみたいだから……それはさすがにやめた」

え、えげつない作戦を考えるものだ。

ただ、周囲への影響などを考慮しないのであれば一番確実で安全な手段ではある。

「さすがお姉ちゃん！　天才的発想です！」とリリィが褒めたたえるものだから、リリアもまんざらではない表情だ。

「……人がいるって言っていたけど、まだ生きてるのか？」

リリアの言葉の中で、それが気になった。

ゴブリンが巣に連れ帰って生かされている、となるとあまり良い想像はできないが。

「生きてる、みたい。誰かが結界魔法を使えるみたいで、それで身を守っているようだけど……いつまで持つか」

結界魔法を使えるということは、もしかして聖女様とかだろうか？

まあ、聖女系スキルを持つだけの冒険者という可能性もあるので断定はできないが。

どちらにせよ、あまり猶予はない。

「それなら、急いでゴブリンたちを処理しないとな」

ゴブリンに捕まった人間の末路は、悲惨なものになるからな。

中の人の結界魔法がいつまで持つかわからないのだから、急ぐに越したことはない。

まだ体が無事な可能性もあるんだしな。

俺の考えにリリアも同意見だったようで、頷いてくれた。

「そういうわけで、ルードたちにお願いしようと思ってる。今すぐ集められる人いる？」

「そうだな……適当に声をかけてみるよ」

脳内には、何名かの人が浮かんでいる。

皆、声をかければ快く手伝ってくれるだろう。

「うん。お願い。ゴブリンはアバンシア周辺にいるのよりも強い。さすがに戦闘に不慣れなホムンクルスの子たちは難しいと思う」

ホムンクルスの子たちはそれなりに戦える者たちばかりだが、あくまでそれなりだ。

誘えるとしてもサミミナくらいだろう。

ただ、もともと考えていたメンバーにサミミナはいなかったので、人手が足りなそうなときに誘うくらいだ。

俺が考えていると、リリィが元気よく手を挙げた。

「私もゴブリン討伐には行きますからね。最悪私たち三人でなんとかしましょうね」

……まあ、通常よりも強いゴブリンといえども、俺たち三人ならどうにかできるのではないだろうか。

ただまあ、時間はかかってしまうだろう。

リリアもこくりと頷いているので、問題はなさそうに見える。

「最悪は、ね。ただ、人数が少ないと大変。ルードのほうで集まらなそうなら、村にいる冒険者にも緊急依頼として発注する」

「了解だ。ゴブリン、そんなに厄介なのか？」

「私の仕事が増える。というのは半分冗談で、攻略に時間がかかる可能性はある。あいつら、結構知能があるタイプ」

知能があるとなると、確かに面倒だ。通常のゴブリンなら絶対にありえないような罠などを用意している可能性もある。

ゴブリンの巣の規模まではわからないが、ゴブリンたちと連続で戦闘をする可能性が高いのだから、人数は多いほうがいい。

「それじゃあ、ちょっと探してくるな」

「うん。リリィ、ちょっとギルドに報告するから手伝って」

「はい！　ルード、それではまたですね」

こくり、と俺が頷くとリリアとリリィはギルドの奥へと消えていく。

ゴブリンの巣か。

中に捕らわれている人たちのことも考えると、時間を無駄にはできない。

急いで、人を集めないといけないな。

俺が考えているメンバーとしては、マリウス、ルナ、ニン、グラトの四人だ。

これに、俺とリリアとリリィを加えればまず問題ないとは思う。

……逆に、これだけのメンバーを集めても攻略できないとなると、それはもはやアバンシアの危機だ。

ただ、問題があるとすれば、マリウスが捕まるかどうかなんだよな。

マリウスは、今朝子どもたちを連れて魔物狩りに行くと言っていた。

すでに出発しているはずなので、村内にはもちろんいないだろう。

まだ村近くにいてくれれば、マリウスは捕まるかもしれないが……あまり期待しないほうがいいか。

マリウスがいなくてもたぶんなんとかなるだろうし、前向きに考えよう。

それでも、いてくれたほうが格段に楽になるので、ひとまず四人を探し始める。

四人がどこにいるのか調べるため、近くにいた村人に話を聞いていく。

何人かに聞いたところ、やはりマリウスはすでに出発してしまっているようだった。

そして、さらに聞き込みをしたときだった。

村人の一人が思いだしたように声を上げる。

「グラトさんなら、マリウスさんと一緒に魔物狩りに行ってるよ？」

「……そうか」

なるほどなぁ。

想定では、どちらか一人くらいは連れていければと思っていたが、二人とも駄目か。

マリウスとグラトを諦めて歩き出したところで、サミミナの姿を見つけた。

サミミナも戦闘能力はかなり高い。マリウスとグラトが来られないのなら、彼女に手伝ってもらおうか。

そんなサミミナはちょうど畑への水やりを頼まれていたようだ。魔法を使い、畑全体に雨を降らしている。

最近はあまり雨が降っていなかったなぁ、とか思いながらサミミナへと近づく。

「サミミナ、ちょっといいか？」

声をかけると、ぴくりと耳が動きこちらへと振り返る。

サミミナは柔らかな表情を浮かべながら、首を傾げた。

「ルード？　どうしたのですか？」

「村の外にゴブリンの巣が見つかったみたいでな。それを破壊するために協力してもらえないか、と思ったんだけど……今大丈夫か？」

「もちろん、大丈夫ですが、今すぐに、でしょうか？」

「そうだな。あとニンやルナを見つけて声をかけてくるから、畑の水やりが終わったらギルドに来てくれないか？　あっ、他にも仕事とかあるか？」

サミミナにはサミミナの仕事があり、こちらの要望だけを押しつけてはいけないだろう。

それに、サミミナは俺の言うことなら優先しようとするかもしれない。

どうにも、彼女は俺に対して過剰に恩義を感じているように見えるし。

そんな俺の心配とは裏腹に、サミミナは首を横に振った。

「今のところ、仕事は畑の水やりだけでしたから、大丈夫です。ニンでしたら、先ほど教会のほうに歩いて行かれるのを見かけましたので、そちらにいるかもしれませんね」

思いがけない目撃情報だ。

ニンのことだから昼から酒場にでもいるのかと思っていたので、まずはそちらに向かおうと考えていたほどだ。

「そうか？　それなら、これから教会に行ってみるかな。ありがとな、サミミナ」

「いえ、この程度、私たちが助けられたことに比べれば、まったくです。私も仕事が終われば、すぐさまギルドに向かいますね」

「あ、ああ。急がなくてもいいからな？」

「はい。お待たせしないよう、頑張ります」

俺は本心からの言葉だからな？　本当に伝わっているのか不安に感じたが、ここで話していてもキリがなさそうだ。

サミミナの目撃情報を頼りに、教会にニンがいることを祈りながら歩きだす。

村中では、ゴブリンの目撃情報の話も耳にするようになっていた。

冒険者たちが意識するようになっているということは、それだけ数が増えている証でもある。

早く、攻略に行かないとな。

しばらく歩いていくと、教会が見えてきた。

日々工事などで手直ししているからか、以前に比べてなんだか豪華になったように見えるな。

教会の入り口には、教会騎士たちが守るように立っている。

教会には聖女様が訪れることもあるため、警備は厳重にしているのだろう。

人によってはそれに威圧感を覚えるのかもしれないが、こちらに気づいた教会騎士たちは軽く会釈をしてきた。

教会騎士たちは俺に対して比較的柔らかな対応だ。

その親しみやすさに甘えるように、俺はさっそく質問してみる。

「すみません。ここにニンって来ませんでしたか？　ちょっと話したいことがあるんですけど……」

ニンは、俺のクランメンバーの一人だ。すでに聖女はやめているのだが、今も何か手が必要なときには教会に協力していることもあり、準聖女様、みたいな立場となっている。

俺の問いかけに、騎士はにこりと微笑んで頷いた。

「ああ、いらしてますよ。今ちょっと捜索のお手伝いをしてもらおうと思っていまして……。中でその打ち合わせをしているんですよ」

教会騎士は答えたあとで少し表情を険しくした。

どうやら、こちらでも何か問題があったようだ。

「捜索？　何かあったんですか？」

教会騎士たちは顔を見合わせ、それから眉間に皺を寄せて話し出す。

「それが、別の村からアバンシアに来る予定だった聖女様がまだ到着していないんです。もしかしたら、途中で魔物に襲われた可能性もありますので、ニン様にも探知と捜索にご協力いただこうかと思っているのですが……」

……なるほど。

ゴブリンの巣の問題もあるが、そちらも心配ではある。

「そうなんですね。でも、聖女様となれば護衛もいますし、そちらから何か連絡があるんじゃないですか?」

連絡がない、ということは連絡することもできない状況に陥っている可能性もあるのだが。

そうなると、最悪の結末だって想像できてしまうが、教会騎士たちは険しい表情のままに続ける。

「教会騎士も二名ほどついているのですが、聖女様の階級が下級のほうでして、そこまで……その、言葉は悪いですが教会側も人員を割くわけにはいかず……。それに何やら聖女様がいる村のほうで問題もあって……まあ、色々な思惑が重なりまして、少数精鋭になってしまいまして」

なるほどな。

聖女が持つスキルにはいくつかの階級があり、ニンの持つ『聖女の加護』はその中でも最上級のスキルだ。

最下級の聖女スキルだと、『聖女見習い』、だったか? 『聖女の加護』の数分の一程度しか力を発揮できないんだったよな。

それでも、聖女様たちの力は特別なものではあるのだが。

ただ、教会からすれば、決して高評価できる立場の人間ではないというのもあるのだろう。

思うところはあれど、人員には限界というのもあるから……俺も何も言えなかった。

「そうですか。……ちょうどゴブリンの巣が見つかったので、協力してもらおうと思っていたんですけど……色々大変ですね」

「そうですね……。何事もなければいいのですが」

やはり教会騎士は苦い表情を浮かべていた。

ニンには聖女様の捜索に協力してもらったほうがいいだろう。

これだと、リリィが話していたように、最少人数でのゴブリンの巣の攻略が現実味を帯びてきてしまったな。

ただまあ、リリィが言っていたよりはルナが手を貸してくれるからまだマシか。

ニンに手伝う余裕があるかは聞きたいところだが、打ち合わせの邪魔をしてはいけないだろうし、ニンと話すのは後にしようと思った時だった。

教会内からニンがすたすたと歩いてきた。

考えるように腕を組んでいた彼女は、こちらに気づいて笑顔を浮かべる。

まるで、「いい獲物」を見つけた、みたいな顔である。

……なんだか、面倒事を押し付けられそうであったが、すでにニンは俺の間合いに入っていた。

「ルード、今暇？」

「いや、暇じゃないんだ。ギルドで依頼を受けてな。ニンにも協力してほしいと思っていたくらいなんだよ」

「え？　ギルドの依頼？　それよりこっちを優先してもらうように頼んでおくわ。アバンシアにとっても危機かもしれないのよ」

「どういうことだ？」

「ゴブリンの巣が見つかったみたいなの。それで、最悪なことにその中に聖女様がいる可能性が高いのよ」

まさに今、俺が引き受けている依頼だ。

そういえば、リリアも調査してみたところ、中に人がいると言っていたな。

俺が初めに予想したとおり、聖女様なのかもしれない。

「それなら、ちょうどいいな。俺もゴブリンの巣の攻略をしてくれとリリアに頼まれててな」

俺の言葉に、ニンは少し驚いたように反応してから嬉しそうに口元を緩めた。

「あっそうなの？　だったら、あたしもそれに参加するわね」

「ああ、頼む」

まさか、目的が一致するとは嬉しい誤算だ。

これで、ルナとニンの二人を確保できたので、攻略はぐっと楽になるだろう。

これ以上のメンバーは集められそうにないので、教会からギルドへと歩きだす。

隣に並んだニンが首を傾げた。

「今、メンバーってどうなってるのよ？　あたしとルードと、あとはリリアとか？」

「ひとまず、俺、リリア、リリィ、ニン、サミミナの五人は決まってるな」

「別に迷宮じゃないんだから人数に縛りもないでしょ？　ルナやマリウス、アモンにグラトで戦えるメンバー全員で行っちゃいましょうよ」

それは、俺も考えているんだけどな……。

ニンが口にした四人のうち、三人が村内にいないんだよなぁ。

「マリウスとグラトは二人で子どもたちと一緒に魔物狩りに行ってるんだ。見つかれば声をかけるつもりだけど、遠くまで行ってたら時間が無駄になるからいないものだとして対応する予定だ。アモンも、ちょっと用事があって村を離れてるんだ」

「もう、タイミング悪いわね。中にいる子がいつまで魔力が持つかわからないし、時間は無駄にできないし……しかたないわね」

「そういうことだ。これからルナに声をかけて、足らないようなら村の冒険者にでも頼もうかと思ってるくらいだな」

ただ、下手な冒険者を連れていくと足手まといになる可能性もある。

連係とかだって、とりにくいだろうしな。

依頼するなら、俺たちとは別の部隊として露払いなどをお願いするくらいか。

「わかったわ。じゃあ、あたしは探知魔法を使ってマリウスとグラトが近くにいないか探してみるわ。いたら、引きずってくるわね」

「了解だ。それじゃあ、あとでギルドに集合してくれ」

打ち合わせも終わり、俺たちは別れた。

マリウスたちが見つかればいいなと淡い期待を抱きながら、俺は自宅へと戻った。

自宅にはルナとマニシアが一緒にいて話をしていた。良かった、ルナは誘えそうだ。

「兄さんお帰りなさい。早かったですね」

俺の帰宅に、マニシアが笑顔で出迎えてくれる。

このまま家でマニシアたちとのんびり過ごしたい気持ちはあったが、今は仕事があるからな。邪念を振り払うように首を横に振る。

「ただいま。ただ、仕事が入ってまた行かないといけないんだよ」

「そうですか……それは残念ですね」

マニシアが落ち込んだ様子を見せる。もうこのまま家に残っていたい、と思ってしまう心を振り払いながら、ルナに近づく。

「その仕事は、ルナにも協力してほしいんだけど今時間は大丈夫か？」

「私ですか？　マスターのためなら、もちろんお手伝いしますが、どのような仕事でしょうか？」

「ゴブリンの巣が見つかったらしくてな。簡単に言えば、その巣を破壊するために行動するって感じだな。戦闘がメインになるから、難しいようなら断っても大丈夫だからな？」

嫌なら無理に誘うつもりはない。

ルナはぶんぶんと首を横に振ってから、立ち上がった。

「いえ、大丈夫です。任せてください」

いつでも動ける準備はしていたようで、腰には短剣も差してある。

頼もしい限りだ。

俺も見回りのときには持っていなかった装備品を持ち、ルナとともに玄関へと向かう。

俺たちを見送るようにマニシアがやってきて、口を開いた。

「二人とも、気を付けてくださいね」

「ああ。マニシアも、何かあったら近所の人に声をかけるんだぞ」

「わかってますから。兄さんも、自分の仕事に集中してくださいね」

微笑とともに手を振ってくるマニシア。

……ああ、別れが辛い。

後ろ髪引かれる思いとともに、俺はギルドへと向かった。

第二十七話　ゴブリンの巣

俺たちはゴブリンの巣を攻略するため、アバンシアを旅立っていた。

ギルドで打ち合わせをしてからゴブリンの巣へと行く予定だったが、話しながらのほうが時間を無駄にしないで済むためだ。

村を出たところで、リリアが口を開いた。

「ゴブリンの巣について、わかっていることはゴブリンクイーンかゴブリンキングがいる可能性が高いってこと」

リリアの言葉に、ニンとリリィが頷(うなず)いた。

ゴブリンキングとは、ゴブリンの上位種で、普通のゴブリンよりももちろん強い。

力だけがあるのならまだいいが、ゴブリンキングたちは群れを率いる習性がある。

そして、その群れのゴブリンたちを指導することもある。

そのため、通常では考えられないほどに賢く実力のあるゴブリン集団ができあがってしまうのだ。

例えば、人間のような連係攻撃を取ることとかな。そうなると、面倒極まりない。

　ルナとサミミナはあまり魔物の生態については詳しくないようで、俺たちの話を熱心に聞いていた。

「確かにそうよね。ゴブリンの巣ってかなりの規模なんでしょ？」

「うん。下手(へた)な迷宮よりも複雑で大きい。攻略は時間がかかるから油断しないように」

「わかったわ。リリィ、気抜くんじゃないわよ？」

「それはこっちのセリフでもありますよ。あっ、ルナとサミミナは何か質問はありますか？」

　リリィがちらとルナとサミミナを見る。二人はあまりこういった経験は少なく、話についてこられない部分もあるだろう。

　リリィの問いかけに、サミミナは考えるように顎に手を当ててから口を開いた。

「……まだ経験したことがないので、わからないことがわからないって感じですね」

　……そうだよな。

　まずは経験してみないことには、質問も出てこないだろう。

　ルナはゆっくりと口を開いた。

「ちょっとした疑問なんですけど、ゴブリンキングやクイーンって両方いる場合とかもあるんですか？」

　リリィはその問いかけに表情が固まった。

「…………お姉ちゃん。あるんだっけ？」

長い沈黙のあと、ゆっくりとリリィがリリアを見る。

おい、質問を促しておいてそれはないだろう。

リリアはそんなリリィに、愛おしそうな視線を向けている。

……さすが、シスコンなだけあるな。

「もちろん。ゴブリンキング、ゴブリンクイーンが夫婦としてゴブリンたちを統率している可能性も十分にある。……とりあえず、あそこのゴブリンたちを倒して、様子を見てみよう」

ゴブリンの巣が近づいてきたからか、ちょうどゴブリンたちが俺たちを発見して威嚇してきていた。

敵の数は三体だ。

とん、とリリアが俺の背中を叩く。

「それじゃあ、いつも通り任せる」

「了解」

リリアの信頼に応えるように、俺は『挑発』を発動した。

スキルに反応するようにゴブリンたちの視線が俺へと集まる。

そして、ゴブリンたちが飛びかかってきた。

……ゴブリンたちは、全員武器を持っているな。

自分たちで作ったのか、あるいは人間から奪ったのか。

剣を持っているゴブリンたちの攻撃を大盾で弾く。正面から仕掛けてきたゴブリンとは別のゴブリンが、側面から攻撃を仕掛けてくる。

……一体が俺を足止めし、別のゴブリンで仕掛けるという作戦なんだろう。

ただ、この程度のゴブリン一体に、足止めされるほど柔ではない。

力を込めて正面のゴブリンを弾き飛ばす。側面から斬りかかってきた一体を剣で受け止める。

ゴブリンの持つ剣ごと押し返すように俺は剣を振りぬいた。

俺の一撃に、ゴブリンは剣を弾きながら吹き飛んだ。

俺が一歩前に出ると、ゴブリンが俺へと跳びかかってくる。仲間への追撃を封じるためだろう。

側面から来たゴブリンの攻撃は寸前まで引き付けてかわす。

大振りの攻撃だったことで、ゴブリンの体が傾いた。

隙だらけのその体を蹴りつけて弾いた。

その倒れたゴブリンへ、リリアがすかさず距離をつめ、剣を喉へと突き刺した。

さすがに、無駄のない動きだ。リリアが攻撃を開始したことで、ゴブリンの注目が俺だけではなくリリアへと分散される。

……ただ、注目するべきは俺たちじゃないんだよな。

俺の背後で、魔力が膨れ上がる。

それは、ニンだ。ニンはすでに魔法の準備を終えている。

ゴブリンたちも遅れて気づいたようだ。ニンに視線が集まったのだが、その間に魔法が放たれた。

風魔法だ。まるで死神の鎌のように吹き荒れた風が、ゴブリンの首を刈り取った。

残りは一体。このままいけば問題なく討伐できるだろう。

だが、そこでリリアが声を上げた。

「あの一体は逃がそう」

最後のゴブリンは仲間二体がやられたのを見て、即座に撤退を選択していた。

逃げ去っていくその背中に魔法を構えていたルナが、不思議そうにリリアを見ている。

「あの、どうして逃がすのでしょうか？」

普通ならば、当然の疑問だ。

それに対して、リリアは柔らかな口調で答えた。

「あのゴブリンが群れに戻ることで、私たちを警戒するようになる。それで、中にいる人たちへの注意も減ると思う」

「なるほど、そういうことですか」

もちろん、デメリットもあるのだが。

リリアは続けるように口を開いた。

「ただ、向こうからは警戒されるから攻略が少し大変になるかも。でもそれで、怯むことはないでしょ？」

「そう、ですね。大丈夫だと思います」

リリアの問いかけに、ルナが答える。もちろん、俺たちもリリアに頷いた。

……今、捕らえられている人たちがどのような状況になっているかわからない。

だが、結界を張っているとするなら、ゴブリンたちはその結界を破壊するために動く必要がある。

結界魔法は攻撃されればどんどん耐久力が減っていく。維持するにはさらに魔力を込める必要がある。

先程逃がしたゴブリンが俺たちのことを報告すれば、捕らえられている人たちに構う時間が減るかもしれないと考えたわけだ。

結果的に、捕らえられている人たちを助けることに繋がる。

……もちろん、すべて無意味で終わるかもしれないが、多少でも助かる可能性があるのならそのための行動をとるべきだろう。

逃げていったゴブリンの背中が見えなくなったところで、そのゴブリンを追うように歩き出す。

ゴブリンの巣が遠くに見えたときだった。

「あまり、攻略に関係のない質問になるのですが、よろしいでしょうか？」

「どうしたんだ？」

サミミナに声をかけられ、俺は後ろを見る。

サミミナは考えるように腕を組みながら、ゆっくりと口を開いた。

「中に捕らえられている人がいると聞きましたが、その方は聖女様、なのですよね？」

それは、俺もちょっと疑問には思っている。ただまあ、聖女だからといっていつでも魔法を自在に使用できるわけではない。今回のようなことに巻き込まれることもあるだろう。

そう答えようとしたとき、サミミナの問いかけに先にニンが反応した。

「ええ、たぶんね」

「その方は今、結界魔法でご自身の身を守っている、と。……ゴブリンに捕まる前に結界魔法を展開することは難しかったのでしょうか？」

サミミナの質問に、ニンが苦笑とともに答える。

「できないこともないけど、結界魔法って簡単に準備できる魔法じゃないのよね。慣れてない子だと、展開に時間がかかっちゃって……その間に捕まるとかはあると思うわ」

ニンはしかし、どこか思うところがあるのか面持ち(おもも)は険しい。

元聖女として、引っかかっている部分があるのかもしれない。

「そうだったのですね。無知で、申し訳ありませんでした」

「いや、別に謝る必要ないわよ。それに……今回、行方(ゆくえ)不明になった三人って皆若いのよね。……だから、たぶん油断していた部分もあると思うのよ。ごめんね、教会のミスに巻き込んじゃって」

「い、いえ。顔を上げてください。別に責めるつもりで言ったわけではありませんから」

ニンがぺこりと頭を下げ、サミミナは慌てた様子で首を横に振る。

そんな会話をしていると、ゴブリンの巣穴の入り口へと到着した。

地下に向けての入り口は、俺が思っていたよりも随分と大きい。

そう思ったのは俺だけではなかったようだ。

「大きいわね……。これ、厄介かもしれないわよ」

ニンの表情は険しい。

ニンの危惧(きぐ)している原因がわかっていた俺も、同じような心境で巣穴の入り口を眺めていた。

「厄介、ですか？」

ルナが首を傾げながら言うと、リリィがぽつりと答える。

「ゴブリンの巣穴って、獲物を運ぶためにも大きく作ることもあるんですけど……やっぱり、ボスに合わせて作られることが多いんです」

「つまり……この大穴が必要なくらいのボスがいるかもしれないってことですか？」

「そうなりますね。ルナちゃん、大正解です」

リリィがそう言って片手の親指と人差し指で丸を作っている。

「なるほど。ありがとうございますリリィ様」

「えへへ、気にしないでください。他にも気になることがあればなんでも聞いてくださいね、ルナちゃん」

リリィが嬉しそうに答えている。

リリィは年齢的には皆とそう変わらないのだが、リリアに過保護に育てられたこともあってか、精神年齢が幼い部分がある。

そのため、パーティーでは妹のような立場に納まることが多い。

ルナに教えられる立場というのが嬉しいのか、積極的に絡んでいるな。

俺は入り口にいくつかついていた足跡を見て、思わず眉を寄せてしまう。

先ほど駆け込んでいったゴブリンの足跡と比べても、大きいものがある。

そもそも、どの足跡もゴブリンにしては、かなり大きいんだよな。

ゴブリンの成長が良かったのか、他の魔物もいるのか。

ゴブリンたちはわりと他の魔物と組むことも多い。もしも、他の魔物もいるとなると、さらに攻略が面倒になる。

とにかく、中に入ってみないことにはわからないよな。

「中にいる魔物の反応はかなり多いわね。一応、ゴブリンっぽい魔力だけがあるけど……二つほど、大きい魔力もあるわ。たぶん、ゴブリンキングやゴブリンクイーンじゃないかしら？」

「……みたいだな」

俺も魔力を意識して探知魔法に似たようなことをして、内部の状況を判断する。

探知魔法ほど正確性はないが、それでもかなりの数がいるのだということくらいはわかる。

さて、どうするか。

リリアのほうを見ると、彼女は巣穴へと向けていた視線を俺たちへと向ける。

「作戦は簡単。中で暴れてゴブリンたちを壊滅させること。全滅させるのはたぶん難しいけど、巣穴から一掃できれば任務達成。いい？」

リリアが短く俺たちの目的を皆に共有する。俺たちは顔を見合わせてから、頷きあう。

「それじゃあ、先に行くよ」

そう答えてから、俺が先に中へと入った。入り口は下り坂のようになっていて、滑るように巣へと入る。

俺が両足でしっかりと立ったところで、遅れてニンたちが後ろをついてくる。

ニンが放った光魔法が、明かりとなって道の先を照らしてくれた。

光魔法で照らされることで、改めて内部がかなりの広さであることがわかった。

ゴブリンたちの作った巣穴は、俺たち人間が歩いていても問題ないほどの横幅だ。

大盾も問題なく使えそうだ。難しいようなら、入り口に置いてくることも考えたが問題なさそうだ。

道は、土魔法でしっかりと固められているようで、内部が崩れるということもなさそうだ。

ただ、激しい戦闘を行うと土に潰される危険もある。

「あたしは、いつでも結界魔法が使えるように準備しておくわ。圧死は勘弁だし」

「ああ、頼む。ルナは土魔法で土を除去できるように準備しておいてもらっていいか？」

「わかりました」

二人には補助に徹してもらうため、戦闘への参加はそこまで期待しないほうがいいだろう。

ニンもルナも、二つの魔法を同時に使用することはできるが、負担が大きくなるからな。

皆でゆっくりと内部を進んでいく。

「私が道案内はするから。こっち」

リリアが探知魔法を使い、中を進んでいく。

内部はそれこそ迷宮のように入り組んでいる。

分かれ道や行き止まりも多いようで、リリアに先導してもらいながら進んでいく。

俺も魔力を用いての大雑把な索敵をしていたときだった。

……魔物が近くにいることがわかった。

同時に、リリアも足を止め、視線を道の先へと向ける。

「……ゴブリンたちが、隠れてる。そこの曲がり角」

ぼそりとリリアが口にする。

どうやら俺たちが逃がしたゴブリンの報告を受け、ゴブリンたちも俺たちを迎え撃つための準備をしているようだな。

狙い通りだ。

それにしても、ゴブリンたちにも俺たちの位置を把握できる奴がいるようだ。

おまけに、そのゴブリンたちは完全に俺たちの隙をつくように準備している。

やはり、このゴブリンの群れの質は高いな。

間違いなく、指導役としてゴブリンキングなどの大物が控えているだろう。

とりあえず、今は目の前の魔物に集中しないと。

どう仕掛けるか打ち合わせをしようとしたときだった。

強烈に魔力が膨れ上がるのがわかった。

魔力の発生源はゴブリンたちだ。もしかしたら、俺たちが気づいているのに気づき、先に仕掛けようとしているのかもしれない。

「全員、俺の後ろに隠れろ！」

叫んですぐ、俺は大盾を構え、全身に力を入れる。

ほぼ同時だった。前方から膨れ上がった魔力がこちらへと向かってきた。

吹き荒れたのは強烈な風だ。魔力によって生み出された風の刃がこちらへと襲い掛かり、俺はそれらを大盾で受けきった。

……まさか、この威力の魔法を使えるゴブリンまでいるとはな。

ゴブリンは肉体を使っての戦闘は得意だが、魔法を主とした戦闘は苦手としているはずだ。

……もちろん、個体差はあるのだが、その魔法を使える特異なゴブリンが群れにいること自体が、群れの規模の大きさを示している。

「ギイィ！」

魔法が終わると同時、ゴブリンたちの雄たけびが聞こえた。

見れば魔法に合わせてゴブリンたちが攻め込んできている。どうやら、俺たちに気づかれていることを理解し、先に仕掛けるようにしたようだ。

数は、四体。皆、通常のゴブリンよりも一回り大きいな。

　正面だけかと思っていると、

「背後にも回ってきてる。別の道を作って背後をとってきてる」

「……今、穴を掘ってるってことか？」

「そうみたい」

「なら、背後は任せていいか？」

「うぃー」

　リリアは軽い調子で答え、すぐに背後へと回り剣を構える。

　俺は正面のゴブリンたちを叩きのめせばいいだろう。

「ルナとリリィはリリアに合わせて、背後の対応に当たってくれ」

「わかりました！」

「サミミナは俺が弱らせたゴブリンのトドメを任せていいか？」

「かしこまりました」

　すぐに、リリィとニンが魔法の準備を始め、俺はそれを守るようにスキル『挑発』をゴブリンたちへと放った。

　前方から迫ってきていたゴブリンたちは、完全に俺を標的としてとらえ、飛びかかってくる。

一撃を大盾で受け止めると、大盾を押しつぶさんばかりの威力が襲い掛かる。

もちろん、問題なく撥ね返せるのだが、そこらのゴブリンよりも明らかに強い攻撃だ。

弾き返したゴブリンの側面から別のゴブリンが迫ってくる。

振りぬいてきた剣を剣で受け流し、隙だらけになったその体へ、俺は魔力で強化した肉体を使って蹴りを放った。

「ギィ!?」

俺の蹴りはもろにゴブリンの腹へと入り、弾き飛ばした。

かなりの痛手だったようで、ゴブリンは立ち上がることもできない様子だ。必死に呼吸をしようとしていたが、未だダメージが残って呻いている。

そうこうしていると、再び魔法が飛んでくる。風の刃は大盾で受け止めた。

だが、見事な連係とほめたくなるほどに、間髪入れずにゴブリンが突っ込んできた。

魔法を陽動として使ったのだろう。

ただ、俺だってこの程度の攻撃を捌ききれないタンクではない。

突っ込んできたゴブリンは剣で牽制する。

戦闘を行いながら、隙を見つけて背後の様子を窺う。

そちらは、まったく問題なかった。リリアが薙ぎ払い、リリアから逃れたゴブリンをルナが仕留めている。

リリィとニンが冷静に魔法で一体ずつ仕留めていき、その数が一つ、また一つと減り、殲滅が完了する。

サミミナも、俺が弾いたゴブリンを確実に仕留めていく。サミミナも多少の魔法は使えるため、離れたゴブリンたちも次々と倒す。

そうして、背後の戦闘が片付けば、俺のほうへと援護が増える。

正面から仕掛けてきていたゴブリンも、その数が増えてはいたが……こちらの戦力のほうが圧倒的だ。

リリアたちが前に出てきたことであっという間に討伐完了だ。

第一陣のゴブリンたちは倒し終わり、数体が逃げていくのを確認したところで俺たちも一息ついた。


戦闘を終えたところで状況を確認する。

戦いに大きな問題はなかったが、懸念点も多い。

剣についた血を払うように振っていたリリアも同じように感じたようで、その表情はいつもよりも少し険しく見える。

……いや、険しいというよりは面倒そう、って感じか？

「やっぱり、通常のゴブリンよりも強い」

「そうだな……」

剣の血を払い落としたリリアは、それからリリィの水魔法で洗い流してもらい、剣を鞘へとしまった。

俺は倒したゴブリンの状態を確認していた。

通常の個体よりも一回りは大きい。筋肉のつき方も、戦闘を行うために鍛え抜かれたかのようにしっかりとしている。

群れの中で鍛錬を積んだのかもしれない。

ボロボロの布切れなどしかまとっていないのは、ゴブリンがそもそも衣服に興味を持たない種族だからだが、見た目に騙されて初心者冒険者が挑んだりしたら、その結果は残酷なものとなるだろう。

何より、厄介なのは魔法を使う個体がいたことだ。

魔法を使っていたゴブリンの死体の前に立つと、隣に並んだリリアが再び口を開いた。

リリアの意見に頷きながら、俺は自分の意見を伝えた。

「ルード。魔法を使うゴブリンと戦ったことってどのくらいある？」

「野生のものだとそんなにはないな」

迷宮内のゴブリンの場合は、おそらく迷宮主が強化したのではないかと思うような強力なゴブリンと対峙することはもちろんある。

だが、野生であそこまで慣れた魔法を使えるゴブリンは、それこそ片手で数えられる程度しかいない。

そんな片手で数えられる程度の優秀なゴブリンと、まさか巣に入ってすぐに遭遇するとはな。

何より、それを惜しげもなく先行部隊で使ってきたのは、それだけ魔法が使えるゴブリンがいるということを示唆しているのかもしれない。

「ゴブリンは原始的な戦い方しかしないのが魅力なのに。ほんと、面倒なゴブリンが巣を作った」

果たしてそれは魅力なのだろうか？

「そういえば、戦闘の途中で回復魔法を使っていたゴブリンもいたが、見たか？」

「うん。仕留めるときはさっさと仕留めたほうがよさそう。回復されたら厄介」

「そうだな。そういうわけで、リリア。頼むな」

もちろん俺も、ゴブリンが隙だらけのときは攻撃に回ったほうがいいだろう。

「ルードがどれだけ敵を引き付けられるか次第じゃない？」

ひらひらと手を振って答えたリリアは、リリィのほうへと向かって抱き着いていた。

戦闘を終えた疲労を癒やすためではないだろうか。俺も許すのなら、マニシアの笑顔に癒やされたいものだが、この場にはいないので脳内マニシアで疲労回復だ。

そうしていると、ニンがこちらへとやってきた。

「ルード。またゴブリンたちが準備を進めているみたいよ。さっきより数も多いわね」

「……なるほどな。捕まっている人たちのほうはどうなってる？」

「今は、近くにゴブリンはいないわね。ただ、強い二つの魔力——恐らく、ゴブリンキングとゴブリンクイーンっぽい反応もそのすぐ近くの大広間にあるわね」

「了解だ」

とりあえず、こちらに注意を向けることはできているようだな。

第一陣との戦闘の疲れも取れた俺たちは歩き出す。

しばらくして、リリアが声を上げる。

「次の部隊の準備が整ったみたい。次の広間で待機してる」

リリアとほぼ同じタイミングで、ニンも発言する。

「また背後をとるように動いている個体もいるわね」

「なるほどな。やっぱり探知魔法を使える個体がいるみたいだな」

こちらは光魔法で居場所が特定されてしまうとはいえ、それでも完全な背後をとれるということは探知魔法を使っているのは明らかだ。

「たぶんね。さっきなんか、ゴブリンキングの近くにいるゴブリンが指示を飛ばしに行っている……みたいな動き方をしてたから、たぶんゴブリンキングたちが具体的な作戦を伝えてるんだと思うわ」

……ゴブリンの群れを統率しているだけあって、嫌らしい攻撃をしてくるな。

ニンの言う通り確かに、巣穴の奥からは強烈な魔力が感じ取れるので、間違いなくそこにこの群れのボスがいるのだろうとは思う。

いずれは対面することになるだろうが、今は近くにある脅威を退けるほうが先だ。

「とりあえず先に進むが、背後から仕掛けてくるゴブリンに関してはサミミナとルナで対応してくれ。正面のゴブリンは俺とリリアで対応するから、後ろを優先して倒してくれ」

俺がサミミナとルナに視線を向けると、二人はこくりと頷いた。

「任せてください、マスター」

「はい。背後は気にせず、前をお願いします」

頼もしい限りだ。

二人の返事を聞いたところで、俺たちは待ち受けるゴブリンたちへと攻め込んでいった。

先を進むごとに、ゴブリンたちも強くなっていた。ゴブリンキングたちは、恐らくだが弱いゴブリンから兵として送り込んでいるのだろう。

俺たちの目指すは、ゴブリンキングたちがいる場所だが、先に進めば進むほど、ゴブリンたちの攻撃も苛烈なものになっていく。

ボスを守るためか、あるいはボスから無茶な命令が下っているのか。ゴブリンたちの攻撃にも迫力が増していき、鬼気迫る表情のゴブリンたちに多少苦労はした。

ただまあ……ゴブリンたちに負けるわけもなく、俺たちは襲ってくるゴブリンたちを確実に葬っていく。

そうして倒しながら先へと進んで行くと、

「この先に、ゴブリンキングたちの反応がある」

俺たちはゴブリンキングたちがいると思われる大広間へと到着した。

大広間につながる最後の通路を歩きながら、俺はついてきた皆の状態を確認する。

ニン、リリィ、ルナは、もともと迷宮攻略を行うことが多かったから、連続の戦闘にも疲労はなさそうだ。

サミミナは少し疲れているように見える。

特にサミミナは日頃ここまで戦うことがないため、無理もないだろう。

「ルナ、サミミナ。大丈夫か？」

サミミナだけに聞くとなると、サミミナも気にするだろう。

そう思いルナ含めて状況を確認する。

「私は、大丈夫です。サミミナはどうですか？」

ルナは……本人もそう言ったように大丈夫そうだな。

ルナの問いかけに、サミミナはびくりと肩を上げる。

ちょうど浮かんでいた汗を拭うために握っていたタオルを、彼女は慌てた素振りでポケットへとしまっていた。

……別に疲れているのなら素直に言ってくれればそれでいいんだけどな。

どうにも、サミミナはそれを迷惑をかける行為と判断してしまうようだ。

「少しだけ、疲労はあります。ただ、動けないほどではありません」

それでも、少しだけでも気持ちを口にしてくれたのは助かる。

わざわざサミミナが口にするということは、結構疲れているのだろう。

「そうか。ただ、これまでの戦闘を見てもサミミナが前衛に出なくてもなんとかなるから、サミミナはリリィたちの護衛に回ってもらっていいか？」

できる限りサミミナが気に病まないように言葉を選びながら伝えると、

「わかりました」

サミミナは素直に頷いてくれた。

サミミナには、はっきりと伝えないと前に出て戦闘をするかもしれないからな。

二人への指示を終えたところで、リリアが口を開く。

「たぶん、この先にゴブリンキングたちはいるけど、基本はルードに注意を集めて隙だらけの奴を倒していくだけだから。ルード、任せても大丈夫だよね？」

「もちろんだ」

「頼もしい、楽できそう」

これまでかなりのゴブリンを仕留めてきたリリアからすれば、今は過重労働になっているのだろう。

だからといって、手を抜かれたら困る。

冗談半分のつもりで、言葉を返す。

「なるべく、早めに倒してくれよ」

リリアだから手を抜くことはないとは思うが、万が一彼女が前衛から離れたらさすがに俺も大変だ。

俺の言葉が届いているのかどうかわからないが、リリアはすでにニンに視線を向け、次の話題へと移っていく。

「ニン。奥にいる三人の反応が聖女様たちで間違いなさそう？」

「ええ、そうね。魔力の質的にたぶんそうだと思うわ」

近づいたことでより探知魔法の精度が上がったのだろう。

それなら、ニンがここに来たのは無駄足にならずに済んだな。

聖女と確定できてほっとしてはいたが、気になるのはその三人の状態だ。

「まだ三人は大丈夫そうか？」

「そうね。結界は維持できているわ。ただ、魔力が最初に感知できたときよりも少なくなってるから、もうそう長くは持たないわね」

「……それなら、さっさと助けに行かないとな。皆、もう準備はいいか？」

俺の問いかけに、皆が頷いた。それを確認したところで、俺は一番手として大広間へと踏み込んでいった。

中に入ってすぐに、ニンが光魔法を打ち上げた。

それは小さな太陽のように、大広間全体を照らし出す。

俺が、敵を目視で確認しようとした瞬間。

魔力が膨れ上がり、俺は反射的に大盾を前に突き出す。

……魔法が来る。

そう思った次の瞬間、眼前へと迫るように襲ってきたのは風魔法だ。

風の塊が大盾へと直撃し、俺は体が僅かに後ろへ押し込まれるのがわかった。

想定よりも重い一撃だ。

ゴブリンの巣穴に入ってから魔法は何度か受け止めてきたが、今までのゴブリンとは比較にならないほどの威力だ。

魔法を使用した存在へと視線を向けると、そこには他のゴブリンよりも容姿の整ったゴブリンクイーンがいた。

「キイ！」

ゴブリンクイーンが次の魔法の準備を開始したのに合わせ、ゴブリンたちも雄たけびを上げながら飛び込んでくる。

その中には、ゴブリンとは思えないほどの大柄なゴブリンがいて、こちらに迫ってきている。

ゴブリンクイーンの対になる存在とばかりに、こいつも容姿は整っている。

恐らく、こいつがゴブリンキングだ。

大盾を僅かに動かしてその様子を眺めていると、足元に魔力が感じ取れた。

見れば、土が手のような形となり、俺の足元を掴もうとしてきている。

見れば、狙われているのは俺だけではない。

リリアやニンたちにまで、その魔法は及んでいる。

魔法を使用しているのは、後方に控えているゴブリンたちか。

魔法部隊の統率をとっているのが、ゴブリンクイーン。

近接部隊の統率をとっているのが、ゴブリンキング、といったところか。

魔法に気を取られている間に、ゴブリンキングが敵を薙ぎ払う。

そういう、連係なのだろう。

「みんな、足元に気をつけろ！」

叫びながら、俺も足を動かし、拘束してこようとした土魔法から逃れる。

同時に、『挑発』を発動し、全員の注目を集める。

迫ってきたゴブリンの一撃をかわし、さらに次のゴブリンの攻撃も避ける。

その奥から、丸太のような棍棒を振り下ろしてきたゴブリンキングの攻撃を、俺は大盾で受け止めた。

……ゴブリンキングは、もはやゴブリンではない。下手をすればオーガなどの魔物に並ぶのではないかというほどの力強さだ。

ここで、俺が押しこまれれば、ゴブリンたちを勢いづかせる。

だからこそ、負けられない。

相手の中で、もっとも力があるのがゴブリンキングだ。

そのゴブリンキングでも突破できないとなれば、ゴブリンたちの戦意を欠くことができる。

「ハア！」

気合いを込めるように叫び、同時に全身の魔力を膨れ上がらせる。

先程魔法を受けたときよりも、今の俺の力は上がっている。

湧き上がる力をそのまま振りぬくように、大盾を思い切り前へと突き出した。

ゴブリンキングの剣と俺の大盾がぶつかりあい――俺はゴブリンキングの体を弾きとばした。

体勢を崩したゴブリンキングへとリリアが追撃を仕掛けようとしたが、それを妨害するようにゴブリンたちがリリアへと攻め込む。

ここでゴブリンたちが邪魔してくるか。

『挑発』の効きも、あまり良くないのか？　リリアが煩わしそうに剣を振り、一体を仕留めた。

ゴブリンキングが体勢を立て直すように後方へと跳ぶ。

そのタイミングを狙っていたのか、リリィとサミミナの火魔法がそちらへと放たれる。

魔法が迫ると、ゴブリンキングが煩わしそうに眉間を寄せたのだが、その寸前でゴブリンクイーンの魔法が放たれ、リリィたちの魔法にぶつかった。

とはいえ、二人分の魔法を相殺することはできなかったようで、その余波によってゴブリンキングの体を僅かに焼いた。

「グ……」

僅かに苦悶の声を漏らしながらも、ゴブリンキングは悠然と構えなおす。

普通の魔物なら今の攻撃で倒せていただろうが、さすがにこのゴブリンたちを従えているだけはあるな。

耐久力も、かなりのものがあるようだ。

ゴブリンキングに合わせ、ゴブリンたちもそれぞれの武器を構えなおし、こちらを見据えてくる。

さっきと似たような連係攻撃なら、同じように捌けばいいだけだ。

さて……ゴブリンキングはどう動く？

敵を観察していると、ゴブリンキングが大きな咆哮を上げた。

それに呼応するかのように、ゴブリンたちも叫んでいく。

その雄たけびがきっかけか、彼らの魔力が大きくなっていく。

「……たぶん、何かしらのスキルで身体能力を強化している」

リリアが、ぽつりと呟く。

俺も同じ意見だ。

「……みたいだな」

さっきより、気合いを入れて対応する必要がありそうだ。

ゴブリンキングが大地を蹴りつけると、同時に風魔法が俺へと迫ってきた。

……ゴブリンクイーンが、俺を足止めするように動いてきたか。

ゴブリンキングは俺ではなく、魔法を使っていたリリィたちへと狙いを変えている。

もちろん、そちらに行かせるつもりはない。

だからこそ、『挑発』を発動する。

ゴブリンキングの視線が俺へと集まった。その次の瞬間だった。

ゴブリンクイーンの魔法がゴブリンキングへと放たれると、ゴブリンキングの目に冷静さが宿った。

……まさか、『挑発』を解除するような魔法を使用したのか？

連続で使用しようとしたのだが、それを妨害するようにゴブリンが迫る。

『挑発』が無効化される場合は、俺自身の動きで注目を集める必要がある。

もう少し動きを大きくしようか。大盾と剣を振り回すように攻撃すれば、奴らからすれば無視できない脅威となり、注目を集められるだろう。

これは、スキルによる強制的な注意の引き付けではないため、魔法でも解除されることはないだろう。

そう思い、動き出そうとしたところで、

「……ルード、役割交代」

……リリアが短くそう言ってから、ゴブリンキングを迎え撃つ。

俺が改めてゴブリンキングの注目を集めるよりかは、そのほうが都合がいいとリリアは判断したのだろう。

リリアは、俺とは違い正面から受け止めるタイプのタンクはできないが、一時的に回避を主としたタンクならできると思う。

彼女の戦闘センスは天才だからな。

代わりに、俺がゴブリンの数を減らせばいい。

迫ってきたゴブリンを大盾で受け止めながら、右から来たゴブリンを剣で捌(さば)く。

ゴブリンクイーンによる魔法の援護は、来ていないな。

見れば、ゴブリンクイーンはニンたちの魔法を回避、相殺するのに精一杯なようで俺へと魔法が来ることはなくなっている。

皆に感謝しつつ、俺はゴブリンを一体ずつ仕留めていく。

三体倒したところで、リリアが顔を顰(しか)めながら後退しているのが見えた。

ゴブリンキングの攻撃が、先ほどよりもさらに過激なものになっているからだ。

……倒されたゴブリンの数で強化されているのだろうか？

さっきの咆哮(ほうこう)と関係しているのか？

どちらかわからないが、このままでは危険だ。

近接型のゴブリンはすべて倒し終わり、残りは後衛の魔法を使っているゴブリンたちだ。

それも、ニンたちが数を減らしてくれたおかげで、この場にいるゴブリンはゴブリンキングとゴブリンクイーンを含め、残り四体。

俺は再び『挑発』を発動し、ゴブリンキングへと迫る。

それを防ぐようにゴブリンクイーンが動こうとしたが、

「あんたの相手はこっちよ」

ニンが声を上げながら、風魔法を放った。

ゴブリンクイーンは慌てた様子でそれを回避しながら、ニンに反撃の魔法を放つが、それはリリィが相殺する。

さらに追い打ちをかけるようにルナとサミミナが魔法で攻撃すると、回避しきれなかったゴブリンがやられた。

残り三体。

激怒したかのように顔を真っ赤にたぎらせながらゴブリンキングが棍棒（こんぼう）を振り下ろしてきた。

狙いは、俺だ。

さすがに仲間たちがやられれば、『挑発』関係なく注目を集められたようだな。

ゴブリンキングの攻撃を大盾で受けたが、体が沈む。

怒りと先程の強化スキルによってか、さらに一撃が重たくなっていた。

……最初と比較すれば比べ物にならないほどの力だ。

だが――この程度だ。

これまで何度もこのような攻撃は受けてきた。

それと比較すれば、このゴブリンキングの攻撃は軽い、と思えてしまった。

……最近、化け物ばかりと相手させられていたからなぁ。

戦闘中にそんな呑気な感想が出てしまうのは、俺自身が成長したからだろう。

思い切り弾き上げると、ゴブリンキングは完全に隙だらけとなる。

俺はその懐へと踏みこみ、『生命変換』を発動する。

これまでに受けてきたダメージを撥ね返す、俺の最強の攻撃スキルだ。ゴブリンの巣穴での戦闘で、俺は少しずつ、自分の体力を削るようにしてきた。

だからこそ、それなりのダメージが溜まっている。

溜めた力を剣へと宿し、ゴブリンキングへと振りぬいた。

仕留めるつもりで放った一撃に、ゴブリンキングも脅威を感じたようだ。

寸前で腕を入れたゴブリンキングだが、俺の剣はそれをあっさりと斬り裂いた。

「ガアアアアア!?」

……『生命変換』をのせた俺の剣が、この程度の防御で止まるはずがない。

そのままゴブリンキングの体へ剣を叩き込み、その体を弾き飛ばした。

ドラゴン同士が衝突したかのような衝撃音が響くと、ゴブリンキングの体が宙を舞った。

大広間の天井まで吹き飛んだゴブリンキングは、すでに意識はないようでゆっくりと地面へと落ち、ぴくりとも動かなくなる。

まだ残っていたゴブリンクイーンへと視線を向けると、そちらはリリアが仕留めていた。

近接戦闘はそこまで得意ではなかったのだろうな。

抵抗された様子もなく、リリアはゴブリンクイーンの胸から剣を抜いていた。

残っていたゴブリンも仕留められており、これにてゴブリンの巣の攻略は完了だ。

……想定していたよりもゴブリンたちが強かったので時間はかかったが、それでも問題なく終わったな。

俺は軽く息を吐いてから、剣を鞘へと戻した。ニンが奥の通路へと急いだ様子で走り出す。

「ちょっと、捕まってる人の様子を見てくるわね」

「ああ、行こうか」

俺もニンのあとを追うように走る。もうゴブリンの気配はないが、念のためだ。

リリアたちは大広間にて周囲の警戒をしてくれているので、背後は任せてニンとともに奥の通路へと入る。

奥の通路はいくつかの道に分かれている。

通路からのぞき込める範囲ではあるが、煌(きら)びやかなもので飾られた通路もある。煌びやかといっても、人間からすればガラクタのようなものが多いが。

もしかしたら、ゴブリンキングやゴブリンクイーンの部屋だったのかもしれない。

さらに奥に進むと、いくつか……何かの死体のようなものがあった。

人間なのか、魔物なのか……すでに判断できない状態だったが、救出が遅れていれば聖女様たちもこうなっていたのかもしれない。

……本当に、間に合って良かったよ。

そんな思いとともにニンの後ろをついていくと、やがて結界と思われる白い光の膜が目についた。

そちらへと入ると、そこには白いローブを身に着けた聖女様と思われる女性と、二人の女性がかたかたと震えているのが見えた。

三人の女性を発見したところで、ニンの表情に安堵(あんど)の色が見えた。

道中のニンはいつも通りに振る舞っているように見えたが、それはあくまで演技だったのだろう。

いくらか緊張の抜けた足取りで、ニンが結界へと近づいていく。

結界を張っていた女性も、ニンが近づいてきたことに気づいたようでほっとした様子で結界を解除した。

結界内にいた女性は三人だ。

一人は聖女様と思われる白のローブを身に着けた人だ。もう二人は聖女様の護衛と思われる女性だ。三人とも俺たちより年下に見える。

ニンが聖女様の目の前に立つと、聖女様は嬉しそうな声を上げた。

「ニン様！　お久しぶりですわ！　こんなところで会うなんて、珍しいですわね！」

その声を聞いたところで、ニンは嬉しそうに息を吐いた。

「久しぶりねミーティ。とりあえず、元気？」

「ええ。少し疲労はしましたが、何とか元気、ですわよ」

にこりと微笑んだミーティだったが、その顔には確かに疲労の色が見える。

それでも、五体満足なようで、本当に良かった。

ニンもほっとしたように息を吐き、それから腰に手を当て、首を傾げる。

「良かったわ。あんたたち、教会から捜索依頼が出されていたのよ？」

「そ、そうでしたのね。それはご迷惑をかけてしまいましたわね……ニン様はどうしてこちらにいらっしゃいますの？」

「その捜索依頼を受けたからよ。それで？　なんでこんなところにいるのよ」

ニンの問いかけはもっともだったが、ミーティの表情が固まった。

まるで痛いことを質問されたとばかりの様子に、ニンの表情が冷めたものへと変わっていく。

「……そ、それはですわね。た、旅の途中で、ちょ、ちょっとゴブリンが大量に湧(わ)いたと聞きまして……聖女として、市民の安全を確保せねば……と思いましまして！」

目が泳ぎまくっている。

どう見ても誤魔化そうとしていないか？　と思ったのはニンも同じらしく、彼女はジト目で見続けている。

「へぇ、それ本当なの？」

「ヒグゥッ！　ほ、本当ですわ！　ね、ねえそうですわよね！　ら、ラナ？　レナ！」

ミーティは護衛の二人に声をかける。

ラナ、レナと呼ばれた二人はびくっと背筋を伸ばし、それから丁寧に敬礼する。

「そ、そうであります！」

「は、はいぃ！　け、けっして気持ちよくてお昼寝している間に連れ去られてしまったとかではありませんんん！」

「あっ、こら！　ラナ！　それを言ってはいけませんわ！　わたくしが恥さらしになってしまいますわ！」

「……ふーん」

ニンがジト目でミーティをにらみ、それからその頬を抓った。

「嘘はダメでしょ、嘘は！　あんたは昔からそうやって変なところで油断するんだから！」

「い、痛いですわ！　ご、ごめんなさい！」

「まったく……！　胸にばかり栄養行ってるからそうなるのよ！　もうちょっと自覚を持ちなさい自覚を！」

「も、申し訳ございませんわ……わたくしも、ニン様のようにもっと頭に栄養を送らないといけませんわね！」

「どこ見て言ってんのよ！　もぎ取るわよ！」

ニンがミーティの両胸をわしづかみにする。

……頼むから、俺がいることを考えてくれ。

俺は視線を外に外しながら、口を開く。

「……仲良く会話を楽しむのはいいが、とりあえず外に出てからにしないか？　さすがに、三人も疲れてるだろうし」

俺の呼びかけに、ニンが手を放してからため息をついた。

「……そうね。続きはあとにするわよ」

続けるのか？　という言葉は胸の内にひそめる。

ミーティが立ち上がろうとしたとき、ふらりと体が傾いた。

俺がその肩を押さえるように受け止めると、ミーティは申し訳なさそうに頭を下げる。

「も、申し訳ございませんわ、ルード様」

「いや、別にいいんだけど……俺のことも知ってるのか？」

名前を呼ばれたので驚いて問い返すと、ミーティは自慢げに胸を張る。

「ええ！　聖女の間では有名ですわ！　ニン様の旦那様になるであろうお方、と！」

「ちょ、ちょっと待て！　なんだそれは!?」

というか、聖女の間で有名!?

どこが出自かもわからない噂が当然のごとく流布されている状況に困惑を禁じ得ない俺だったが、ミーティは至って平然とした様子で目をぱちくりとさせている。

「違いますの？　ニン様が聖女を辞めた理由と聞いていましたのだけど……」

「ニンが言ったのか？」

俺がニンをちらと見ると、彼女は慌てた様子で首をぶんぶんと横に振る。

「さすがにそこまでは言ってないわよ！」

「そこまでって……そこまではないことは言ったのか？」

「い、言ってないわよ！　そ、その話はもういいでしょ!?　今はミーティを休ませることを優先するべきよ！　ほら、行くわよ！」

おい、まだ話は終わってないぞ。

そう思ったが、ニンはすでに俺の問いかけなど聞く気がない様子だ。

ニンが歩き出し、ラナとレナも歩き出したのだが、立ち上がったミーティはふらりと傾いた。

おい、護衛たち！　まったく二人は気づかず、ミーティがそのまま倒れそうだったので、俺が支える。

「ミーティ、大丈夫か？」

「ふらふらですが、何とか外までは頑張りますわ」

意気込みは確かだが、体は全くついてこないように見える。

ラナとレナがこちらをちらと見て、駆け寄ってくる。

「あっ、ミーティ様。疲労ですか？」

「それでは、私たちが運びましょう」

「担架はありましたっけ？」

「ありませんよ。ですから、ラナが両手を、レナが両足を持てば担架代わりになりますよ」

「おお！　ラナ、レナ！　天才ですわね！」

それ担架になってるのミーティではないか？

ミーティはまったく気づいていないのか、さっそくラナとレナに両手足をつかまれ、

「って、わたくしまったく安定しませんわ！」

「あっ、そうでした」

「この上に誰か乗せましょうか？」

「あほなこと言ってないで、わたくしを解放するんですのよ！」

俺はちらとニンを見る。ニンは額に手をやり、それから短く言った。

「……まあ、ミーティはこういう子よ。ラナとレナもちょっと抜けてるのよね」

「……了解」

なぜゴブリンに捕まってしまったのかが窺えるようなやり取りだ。

本当、傷つけられなくてよかったよ……。

俺は小さくため息をつきながら、ラナとレナへと近づく。

「俺が代わりに運ぼうか？」

「え？　運んでくれるのですか？」

「レナも足がくたくたでした。ありがとうございます」

二人は俺の背中に飛びついて来ようとして、それを両手で押さえた。

「おまえたちは歩けるだろ。ミーティだ」

「え？　いいんですの!?　そ、それではお姫様抱っこでお願いできますの!?」

目をキラキラと輝かせるミーティ。

……まあ、言われなくても運ぶとしたらそれが一番無難かと思っていたが、わざわざ言われると恥ずかしい部分もある。

そもそも、俺は大盾を背負っているので、おんぶは難しい。

「ルード。甘やかしたらダメよ。引きずっていけばいいわ」

さっきのやり取りもあってか、ニンが厳しい言葉をぶつける。

「さすがにそれはな。それじゃあ、少し失礼するぞ」

「は、はい……！」

俺はミーティの体を担ぎあげるように手をまわし、お姫様抱っこをする。

ミーティが落ちないようにと俺の首へと手をまわしてきて、体が近づく。ふにんと、わずかに柔らかな感触があったが、俺は意識しないようにする。

「お、重くありませんの？」

「そうですよ。ミーティ様、この前ケーキ食べ放題しましたから……」

「そうなんです。その前なんてお肉の食べ放題も……」

「よ、余計なことを言わなくていいんですのよ！　ああ、もうお腹鳴ってしまいましたわ！」

顔を真っ赤に叫ぶミーティに、俺は苦笑を返す。

「大丈夫だから。それじゃあ、さっさと外に出よ――」

出ようか、と言いかけたときだった。

足元が揺れた。

地震か？　と思った次の瞬間。天井の一部が崩れてきた。

「お、おい……！」

俺はすぐに回避したからよかったが、天井がだんだんと崩れ始める。

俺たちは逃げるようにその場から走りだし、大広間へと戻ってくるとリリィがやってきた。

「まずいですルード！　巣穴が壊れ始めてます！」

「「「ひぃぃぃぃぃ!?」」」

リリィの言葉に、ミーティ、ラナ、レナの三人が悲鳴を上げる。

顔面蒼白（そうはく）の彼女たちとは真逆に、ニンが冷静に判断を下す。

「もしかしてゴブリンたちがこの迷宮が崩れないように形成してたとか？」

「たぶんそうです。ですから、ゴブリンたちがいなくなったことでまずい状況です！　急いで脱出しないとこのままだと全員圧死です、圧死！」

「今から走っても間に合うかどうか微妙でしょ？　なら、ここであたしが結界で覆うわ。そのあとで、あんたたちの土魔法で掘り進めて脱出すればいいんじゃない？」

「その手がありましたか！　ニン、耐えられるんですか？」

「当たり前でしょ、任せなさい」

ニンはとんと胸を叩き、すぐに魔法の準備を始めた。

「ニン様……さすが、ですわね！」

「そうだな」

目を輝かせながら叫ぶミーティに、俺も苦笑とともに言葉を返す。

だんだんと崩れ始める天井を眺めていると、やがてニンの結界魔法が展開された。

俺たちを飲み込もうと崩れてくる土たちを、結界魔法がすべて弾き返していく。

半球のように展開された結界魔法に土が乗ると、滑るように周囲へと落ちていく。

俺たちの周囲は完全に土によって埋もれていくのだが、結界魔法が展開された部分だけは守られたままだった。

「さてと。それじゃあ、土魔法で地上までの道を作ってくれる？」

内部の崩壊が収まったとき、残っていたのは俺たちがいる空間のみとなった。

ニンはあっさりと言うが、急がなければ空気はどんどん薄くなっていく。

ニンの言葉に、リリィが声を上げた。

「わかりました！　それじゃあルナちゃん、一緒にやっていきましょうか」

リリィに名前を呼ばれたルナも頷いて魔法を展開する。

二人が発動した土魔法によって、内部の土が操られていく。

すぐに道が開通し、なだらかな坂へと変化する。

それがまっすぐにのびていくと、遠くのほうで光が見えた。

もう地上までの道が出来上がったようだ。感嘆の息を漏らしていると、レナとラナがぱちぱちと手を叩いた。

「わぁ、すごいです！」

「ここまでの魔法を見るのは初めてです！」

レナとラナの惜しみない賛美に、リリィは嬉しそうに、ルナは少し恥ずかしそうにしている。

俺も両手が塞がっていなければ拍手を送っていたな。

俺の代わりとばかりに、ミーティが元気よく手を叩いているため、今はそれでいいか。

「それじゃあ、脱出しましょうか」

ニンの言葉に合わせ、俺たちは二人が作った道を歩いていく。

天井などもしっかりと作られているため、俺たちが通り過ぎていても不安はない。

そうして、だんだんと光が近づいてきて――俺たちは外へと脱出した。

やっと、戻ってこられたな。

久しぶりの日差しを浴びると、そんな感想が浮かんできた。

これまで暗い巣の中を移動していたため、外の明るさにはまだ少し目が慣れない。

目を細めながら太陽の位置をさっと確認する。

お昼を過ぎたくらいだろうか。

結構戦っているように感じたが、それほど時間は経っていないようだな。

背後を見ると、リリィとルナが地下へとつながる道を土魔法で埋めて固めていた。

……固めていた、といっても散々に掘り返されてしまっているため、このあたり一帯の地盤はかなり不安定なものになってしまっただろう。

まったく。

ゴブリンたちの勝手な行為による被害は、まだしばらくは続くだろう。

ホムンクルスの中に土魔法を使える子もいたはずなので、その子たちにお願いして、元の大地に戻るよう調整してもらわないといけないな。

ゴブリンたちの行為にため息をしつつ、俺は抱えたままのミーティへと視線を向けた。

もう歩けるのなら自分で歩くか？　と聞こうと思ったのだが。

「……寝てる」

思わず声に出してしまうほどに、呑気な寝顔をさらしていた。

口元には涎がたれ、だらんと口元を開いている姿は、ろくに知らない男の腕の中にいる女性の姿とは思えないほどに無防備だ。

……いくらなんでも気を抜きすぎではないだろうか？

ゴブリンたちに連れ去られた原因をまざまざと見せつけられているような気分ではあったが、それだけ疲れが溜まっているのだろうと思うことにした。

ずっと結界を張って身を守っていたんだしな。

普段はきっと、もっとしっかりしているに違いない。

そう自分を無理やり納得させつつ、俺たちはアバンシアへ向けて歩き出した。

もう外でやることもないだろう。

道中、念のためにゴブリンの残党などを警戒していたが、特にそんな様子もなかった。

ちょうど巣穴にすべてのゴブリンがいたのかもしれない。

残党の調査については、あとで手の空いている職員か冒険者に依頼すればいいだろう。

アバンシアへと到着したところで、リリアとリリィがギルドのほうへ視線を向ける。

「私たちはギルドに報告しに行くから。ニンとルードはその子を教会に届けるんでしょ？」

リリアもさすがに呆れた様子で熟睡のミーティを見ている。

その冷たい視線など、意にも介さずにミーティはすやすやだ。

案外、大物な子かもしれない。

「そうだな」

「細かい処理はこっちでやっておくから、こっちは気にしないで」

「そうか、ありがとな」

俺も報告に行くべきなのだが、リリアの厚意に甘えさせてもらおう。

「別に。それじゃあ、また何かあったら依頼するから」

「そうですね。それじゃあ、皆さん、ばいばいでーす」

リリアはそのままギルドのほうへと歩いていき、リリィは子どものように手を振りながら、リリアの隣に並んだ。

リリアに手を振り返していたルナとサミミナに視線を向ける。

「二人もありがとな」

お礼を言うとルナが嬉しそうに微笑んだ。

「いえ、マスターのお力になれてよかったです。私は一度家に戻ってマニシア様に報告しに行ってもよろしいでしょうか？」

「ああ、それで大丈夫だ。サミミナも、助かったよ。報酬の山分けはあとになると思うけど、大丈夫か？」

「そんな。報酬は別に必要ありませんよ」

ぶんぶんと首を横に振るサミミナだったが、さすがに報酬を支払わないというのは俺の立場にも問題が出る。

あそこのクランリーダーは報酬を支払わないらしいぞ、と噂が出回れば俺の評価が地の底まで落ちることになるからな。

「そういうわけにはいかないよ。あとでまた報酬を渡しに行くからな」

強引に押し切る形でそう言うと、サミミナもそれ以上は何も言わない。

サミミナには、ある程度強引に接したほうが話を通しやすいことが多いな。

サミミナの負担にならない程度の強引さは必要だろう。

「それじゃあ、お疲れ様。ラナ、レナ。行くぞ」

近くを楽しそうに散歩していたラナとレナに呼びかけると、こちらにスタスタと近づいてきた。

「こちらの村、かなり発展していますね」

「事前に聞いていた情報とは、少し違いますね」

「まあ、発展したのはここ最近だな」

きょろきょろと周囲を見回し注意散漫の彼女たちは、それでも二人とも身のこなしはしっかりしている。

戦闘能力はあるのだろうが、いかんせん気が抜けている。

この三人。のんびりしているせいで、今回のような事件が起きたのではないだろうか？

そんなことを思いながらニンとともに教会へと向かう。

教会の入り口についたところで、教会騎士たちが慌てた様子で俺たちのほうへと駆け出してきた。

「ニン様！　ルード様！　ご無事でよかったです。そ、そちらの方は、ミーティ様ですね!?」

「はい。ゴブリンの巣穴にいたところを保護させてもらいました」

「そ、そうでしたか……」

「少し疲れが溜まっているようですので、ひとまず休ませたほうがよいかと思いますが……」

教会騎士たちは、俺が抱えて眠ったままのミーティの姿を見て、苦笑している。

完全に気の抜けた彼女を見れば、誰だってそうなるだろう。

「かしこまりました。部屋は用意してありますので、今ご案内いたしますね」

教会騎士の一人がそう言って俺たちとともに中へと入る。

中に入ると、ラナとレナは目を輝かせて周囲を眺めていたが、その二人の肩を組むように、ニンが二人を捕まえる。

「それじゃあ、あたしは責任者に状況の説明をしてくるわね。ラナ、レナ、行くわよ」

「……わ、わかりました」

「お、怒られるでしょうか？」

「あんたたちの態度次第じゃない？」

ラナとレナはぶるりと震え上がった。

……まあ、彼女たちはミーティの護衛なんだからな。

油断して連れ去られたのだから、多少のお叱りは受けて当然だろう。

それまでよりも元気のない後ろ姿を眺めながら、俺は教会騎士とともに別の通路へと入っていく。

しばらく教会騎士に案内されるままに歩いていくと、教会騎士が足を止め、扉をゆっくりと押し開けた。

「こちらの部屋がミーティ様の部屋になりますので、ベッドのほうに休ませてあげてください」

「わかりました」

整えられたベッドへと近づき、ミーティをそこに寝かせた。

気持ちよさそうなミーティの寝顔に苦笑しつつ、俺たちはその部屋を離れた。

「本当に、ありがとうございました」

部屋を出たところで、深く頭を下げてきた教会騎士に、俺は微笑を返す。

「いえ、何かあればお互い様ですよ」

そんな会話をしながら教会騎士とともに外へと出たが、ニンたちはまだかかりそうだ。

「それじゃあ、俺も一度家に戻りますので、万が一ニンに聞かれたらそうお伝えください」

「かしこまりました。本当に、何から何までありがとうございました」

教会騎士たちが深く礼をしてきて、俺も同じように礼を返してから家へと向かって歩き出した。

これでようやく、家でのんびりマニシアに癒やされることができるな。

自然、軽やかな足取りになるのだが、そんなウキウキ気分は向かいからやってきた男によって妨げられる。

マリウスだ。

一緒にグラトも並んでいるが、マリウスの好奇の視線に嫌な予感を覚える。

マリウスは笑顔で、グラトは微笑といった様子で片手を振りながら近づいてきた。

「おお！　ルード！　探していたんだぞ！」

これ以上面倒事を、持ってくるなよ？

そう念じながら、答える。

「そうだったのか？　何かあったか？」

「何かあったではないさ。ギルドの人に聞いたらなんでもゴブリンの巣があるとかなんとか。ちょうどルードが討伐に向かう予定だとも聞いたから、ぜひとも参加したいと思ってな」

それで、俺を探していたのか。

理由を聞けて、ほっと胸を撫でおろす。ここからさらに面倒事がやってくるのではとひやひやしていたので、救われた気分だ。

今にも戦闘したいといった様子でウキウキのマリウス。

マリウスはこれからゴブリンの巣に突撃する気満々なのだろう。

一つだけ懸念事項があるとすれば、今の彼の戦闘欲を解消するすべがないことだ。

すでに攻略完了してしまっているのだから、それを正直に伝えるしかないだろう。

それで、納得してこの話を終わりにしてくれればいいんだけど……それで終わりにしてくれる奴じゃないんだよなぁ。

「悪いが、もう攻略は終わっちゃったんだよ」

「な⁉　なんだと！　な、なぜ誘ってくれなかったんだ！」

「誘おうと思ったけど、ちょうど二人とも村を出発したあとだったみたいだからな。中に捕まっている人もいたから、待つわけにはいかなかったんだよ」

事情を説明すると、マリウスもさすがに理解はしてくれたようだ。

それでも、戦闘欲が消えるわけではないため、マリウスは複雑そうな表情を作る。

「それは……仕方ない、が……くぅ、残念だ。この昂りをどこに持っていけばいいんだ……！」

「……野生の魔物もいるし、何かしら討伐しに行ったらいいんじゃないか？」

「その程度で収まる思いではないわ！」

そうマリウスが叫んだとき、グラトがポンと手を叩く。

「それなら、これからルードと戦闘訓練とかは、どう？　僕ももうちょっと体を動かしたかったしね」

余計なこと言うんじゃない、グラト。

「グラト！　ナイスアイディアだ！」

腕をまくるんじゃない、マリウス。

「何がナイスアイディアだ。やらないぞ」

「よし、ルードよ。どこか開けた場所に移動しようか」

「聞いてたか？　やらないからな。今日はもう疲れたし、家でゆっくり休ませてくれ」

「まっ、待て！」

マリウスが俺のほうへとやってきたが、俺はそれから逃げるように家へと走り出した。

第二十八話　ミーティと魔王

ゴブリンの巣を攻略した次の日。

ミーティ、ラナ、レナの三人は特に怪我（けが）等はなかったのだが、戻ってきてから今朝まで
ミーティはずっと寝たままだったそうだ。

先ほど目を覚まし、俺に話したい内容があるということで俺は教会に呼ばれていた。

話の内容についての詳しいことは聞いていないが、ミーティの依頼を手伝ってほしい、
そうだ。

そもそも、ミーティたちがアバンシアに向かってきていたのは俺とニンに会うためだっ
たのだとか。

その途中でゴブリンにさらわれ、俺たちのもとに救助依頼が出たというわけだ。

ミーティからの依頼か。

どのような依頼なのかと考え込んでしまう。

アバンシアを案内する、とかの簡単な依頼ではないのはもちろんわかりきっている。

ミーティもいくつかの村を転々としているそうで、ちょうど今滞在している村で問題が

あったのだと思う。

　せっかく、アバンシアでの平和な日常が戻ってきたと思っていたのだが、どうやら神様は俺を放っておいてはくれないようだ。

　とはいえ、ミーティたちも困っているのなら、助けてやりたい。

　そんなことを考えていると、身支度も整った。

　……さて、行くとするか。

　マニシアが用意してくれた朝食を胃に入れたあと、装備を持って家を出た。

　教会へと着くと、事情を聴いていた教会騎士たちがすぐに俺を中へと通してくれた。

　軽く話をしながら歩いていくと、教会騎士が苦笑を浮かべた。

「ルード様。また大変そうですね」

「……そうですね。もう少し、ゆっくりしていたかったですよ」

　俺があっちこっちに出向いていることは彼も承知のようだった。

　冗談交じりに笑い返しながら、彼のあとをついていく。

　俺が通された部屋は会議室のような場所で、長机が一つ置かれている。

　それに合わせるように椅子が六つ用意されていて、すでにニンはそこに着席していた。

　まだミーティたちはいないようだ。

「それでは、ミーティ様にルード様が来たことをお伝えしてきますね」

「ああ、お願いします」

教会騎士はニンへと一礼をしたあと、俺とすれ違うようにして部屋を出ていく。

会議室に入ったところで、ニンが片手を上げてきた。

「おはよう、ルード。昨日はミーティを助けてくれて、ありがとね」

「依頼でもあったんだから、気にしないでくれ。それより、ミーティの依頼はどんな感じだ？」

早速気になっていたことを問いかけると、ニンの表情が少し険しくなる。

ニンは俺たちのパーティーでずっと活動しているため、依頼の難易度に関してはすぐに判断できるだろう。

そのニンの表情が曇るということは、成長した今の俺たちでも苦労するような内容なのかもしれない。

「簡単に言えば、迷宮攻略。でも、ちょっと面倒なことになりそうなのよね」

「ちょっと、面倒なこと？　普通の迷宮じゃないのか？」

脳裏に浮かぶのは、魔王の存在だ。

アモンが魔王会議に参加すると言っていたことも気がかりではあったが、ニンは口を閉ざした。

「その詳細に関しては、ミーティが来てから説明するわね。あたしもラナとレナたちから聞いただけだからね。……あの二人だと説明に漏れもあるみたいだし」

気になるところだが、ミーティとの打ち合わせはその迷宮攻略に関してだ。

全員で話したほうが一度の説明で済むだろう。

俺が席に着いたとき、ちょうど入り口の扉が開き、ミーティ、ラナ、レナの三人がやってきた。

ミーティはとても慌てた様子で、頭には寝ぐせがしっかりとついている。

それを隠そうと押さえてはいるが、押さえたところで収まるような状況ではなかった。

ミーティもわかったようで、髪を押さえるのはやめ、恥ずかしそうに席へと向かっていった。

対して、同じく寝坊したのだろうラナとレナは堂々とした表情だった。

しかし、その頭にはそれぞれ寝ぐせがしっかりついているが、こちらはまったく隠そうともしていない。

ニンがジト目で三人を見る。

「あんたたち、寝坊したわね？」

「……も、申し訳ございませんわ。昨日はあまり寝付けなかったものでして」

ミーティの言葉に、ニンの視線がラナとレナへと向く。

「まったく。ラナとレナがそこらへんしっかり起こしてあげないとダメでしょ？　あんたたち、一応使用人的な仕事もしてるんでしょ？」

ニンの視線が二人に向くと、彼女たちは苦しそうに唇を噛んだ。

「とても心地よいベッドでした」

「襲い来る睡魔に打ち勝つのは難しかったです」

ぺこりと頭を下げたラナとレナを見て、ニンが二人に軽くチョップをした。

頭を押さえながらラナとレナが席に着いた。

ミーティは一度咳ばらいをすると、場の空気を整える。

さすがに、皆も静かになり、ミーティへと視線が集まる。それから俺のほうを見てぺこりと頭を下げる。

「今日はお越しいただきありがとうございますわ、ルード様」

自然な感じで話を始めるミーティの寝ぐせについついと視線が吸い寄せられそうになり、俺の視線に気づいたミーティの頬がどんどんと染まっていく。

いかんいかん。今は会議に集中しないとな。

俺は誤魔化すように、口を開いた。

「昨日は疲れ切っていたみたいだけど……体調は、大丈夫なのか？」

「……その件はご迷惑をおかけしましたわ。一晩休みまして、このとおり、問題ありませんわ」

ぐっと拳を固め、回復したことをアピールしてくるミーティに、強がっている様子はない。

それなら、本題を進めようか。

「ニンから簡単には聞いたけど、迷宮攻略に関しての話がしたいんだよな？」

「そうですわね……わたくしたちは現在、イージス村と呼ばれる村に滞在しておりますわ」

確か、アバンシアから北に行ったところにある村だったな。

俺も何度か行ったことはあったので、知っている場所だ。

あそこもアバンシアと似たような雰囲気の落ち着いた村で、俺は結構好きだった。

「まさか、その村の近くに迷宮ができたのか？」

ある程度予想できていたことなので、問いかけるとミーティがゆっくりと頷いた。

「その、まさかなのですわ。イージス村の近くに、迷宮ができてしまいまして、あまり戦える人もいなくて困っている状況なんですのよ」

「……なるほどな。その迷宮の攻略を依頼したいってことでいいのか？」

俺の問いかけに、ミーティはこくりと頷いた。

「そうなりますわね」

「イージス村って確かギルドとかはなかったよな？」

「ええ。たまに騎士や聖女が巡回で向かうくらいでして、わたくしがこの辺りの担当になったのですけれど、ちょうどわたくしたちが訪れたときに迷宮が発見された、ということですわ」

「なるほどな……」

「現在も、イージス村に残った教会騎士たちが周囲の魔物を討伐してはいるのですが、かなり苦戦してしまっていて……応援を呼ぶために、わたくしがアバンシアに向かおうと思いましたのよ」

ミーティたちが訪れた理由が見えてきた。

通常、こういった依頼はギルドを通して行われるが、まずイージス村にギルドがないため、情報は共有できない。

なら、誰かしらがギルドがある街や村まで情報を運ぶ必要があるが、その情報を運ぶための人の余裕もない、と。

そこで、それなりに能力のあるミーティたちが選抜されたというわけか。

村が現在も危険にさらされているとなると、教会騎士たちが残り、村の防衛にあたったほうがいいだろうしな。

それに、ラナとレナもいるのだからミーティたちでもなんとかなると判断して、派遣したのだろう。

俺がそんなことを分析していると、ニンがぽつりと言葉を漏らす。

「……まあ、一応詳しい話を聞いたら、ほとんど寝られない状態で迷宮の対応をしていたみたいなのよ。それで、アバンシアに向かうってことが決まったけど、寝ずに移動したものだから、不意に睡魔に襲われて三人とも休んじゃったみたいなのよ」

「そのタイミングで、ゴブリンたちに連れ去られたってわけか？」

「そうみたいね」

……なるほどな。

ニンの説明にミーティたちは恥ずかしそうにしていたが、そんな理由があるのなら責められることもないと思う。

……まあ、うまく交替して休んでいればよかったと思うんだけど。

ちらと、ラナとレナを見てみると、彼女らは「仕方ないよねー」みたいな感じで腕を組んで頷いている。

「迷宮の難易度はどのくらいかわかっているのか？」

「高難易度、なのは確かですわ」

「迷宮に出現する魔物から判断したってことでいいのか？」

通常、迷宮の攻略難易度は内部の魔物やトラップなどの数から判断する。

誰かしらが調査のために迷宮に入ったのだろうと推察していると、ミーティは小さな声を漏らす。

「……魔王が――」

その言葉に、俺の目尻がぴくりと動いた。

魔王。

確かにミーティはそう言った。

ニンもこちらを見てきて、険しい表情をしている。

だから、俺のもとに来たのか。

ニンが難しそう、と言っていた理由はもしかしたらこれなのかもしれない。

ミーティは一度深呼吸をしてから、言葉を吐き出した。

「――魔王がいますの」

ミーティの真剣な表情に、俺たちは顔を見合わせる。

魔王がいるとなると、確かに高難易度の迷宮である可能性は高い。

迷宮内の道中の魔物たちはその魔王の采配によるだろうが、そもそもその魔王自体がかなりの強さを誇るはずだ。

「魔王がいるのは、確かなんだな？」

「ええ、確かですわ」

「……魔王と会ったのか？」

魔王が直接訪れてこない限り、出会える可能性は低いだろう。

ただ、これまでも魔王たちは色々な方法で接触してきているため、どのような会い方をしていても驚きはなかった。

そんな余裕のあった俺に、ミーティは斜め上の言葉をぶつけてきた。

「今も、村にて指揮をとってくれていますわ」

「……ん？」

ちょっと待て、どういうことだ？

なんでも受け入れる覚悟はしていたのだが、この発言は予想外だった。

迷宮を作ったのが魔王で、その迷宮が原因で魔物が大量発生しているのでは？

なのに、魔王が指揮をとっている……？　魔王と迷宮は別？

そんな混乱が渦巻いていたときだった。

「そこは、私から説明するわ」

この場の誰でもない声が響いた。

見ると、ミーティの肩のところに小さな女性が現れた。ミーティの背中から登ってくるような動きだ。

まるで妖精のように小柄なその女性は、長い髪をかき上げてから腕を組んだ。

とても美しい女性ではあったが、背中には黒い翼が生えていて、尻尾が呼吸するかのように一定の動きを繰り返している。

魔王、という言葉が脳裏をよぎった瞬間、その女性はこちらをじっと見てから頭を下げた。

「お初にお目にかかるわ。私の名前はリービーで、先ほど紹介のあった魔王の一人よ。これから、よろしくね」

「そう、か」

突然現れて自己紹介をされても驚く以外に反応することはできなかった。

そう名乗った小さなリービーから感じられる魔力はかなり少ない。

これまでに対面してきた魔王たちの誰よりも小さく、彼女が自己紹介してくれなければ魔王だと判断することもできなかっただろう。

まさか、これが本体なのだろうか？

まあ、魔王は魔物に近い存在である魔族が基になっているのだから、フェアリーのような見た目をしていたとしても不思議ではないだろう。

ただ、なぜミーティの近くにいるのかという疑問はあったが、リービーから敵意は感じられないため、ひとまずはこちらも自己紹介をしようと思った。

「リービー。俺はルードだ。よろしく」

挨拶に何も返さないのは失礼だ。

それで機嫌を悪くして魔王が持つ力を行使されたら困る。

「ええ、知っているわ。魔王殺しのルードさん」

魔王殺しという単語には俺を否定する要素が含まれていたが、そう口にしたリービーは楽しそうだ。

敵意は、感じられない。仲間の復讐のために俺のもとに来たというわけではなさそうだ。

「……別に魔王を殺してまではいないけどな」

これまで戦ってきた者たちは、拘束されているなどの状態はともかくとして皆生きているからな。

俺の言葉に、リービーは再び柔らかな笑みを浮かべる。

「ええ。なんでも他の魔王たちが迷惑をかけたのでしょう？　別に、迷惑をかけなければ何もしてこない、というのも聞いているわ」

「……聞いているって、誰にだ？」

「アモンよ。アモンと私って、それなりに親しい仲でね。私を新しい魔王に推薦してくれたのもアモンなのよ」

嬉しそうに語るリービーとは裏腹に、俺はアモンに思うことがあった。

……あいつが原因で、新しい魔王が増えたのか、と。

ただ、アモンのおかげでリービーが俺に敵意をむき出しにしていない可能性もある。

実は、感謝すべきなのだろうか？

複雑な感情のまま、俺はアモンについての話をする。

「今そのアモンは新しい魔王ができるって聞いて、魔王会議に参加しているんだけど……

リービーは行かなくていいのか？」

ちょっとした疑問を口にすると、リービーは首を傾げていた。

「もう魔王会議は終わったわよ？　私が新しい魔王の力を継承します、ってことで十分くらいで終わったのだけど、まだ戻ってきていないかしら？」

「まだ戻ってないな」

まあ、出発してそれほど時間が経っていないから何とも言えない。

魔界と人間界の移動がどの程度時間がかかるかも不明だ。

リービーは移動が素早くできて、アモンは移動に時間がかかる可能性もあるし。

顎に手をあて、考え込んでいたリービーはぽんと手を叩いた。

「もしかしたら、アモンは街で食事とかを楽しんでいるかもしれないわね。魔界と人間界って簡単に行き来できるものでもないし」

……まあ、別にいいけどさ。

アモンが能天気にはしゃぎまくっている姿は容易に想像できてしまう。

「それで？　リービーはなんでミーティと一緒にいるんだ？」

「私。美少女好きなのよね」

またもや、斜め上の返答だ。

人の趣味嗜好はそれぞれなので、それについて深く触れることはしない。

「あっ、男女どちらのことも好きだから、私にアプローチしても大丈夫よ？」

「……そうか。それで？　どうして村で指揮をとっているんだ？」

彼女の話にまともに付き合っていては時間が無為に過ぎ去りそうだ。

この数秒のやり取りでそう思えるようになったのは、これまでに出会ってきた人たちのおかげだ。

いや、感謝するべきではないだろう。脳内に浮かんだマリウスやアモンたちに向けていた謝意の言葉を引っこめ、俺はリービーを見る。

「ミーティが可愛いから、かしらね？」

その返答で話が繋がっているのだとするのなら、魔王と人間の思考には大きな隔たりがあると思う。

俺もニンも困惑していたのでミーティを見ると、「いやぁ、照れますわねー」といった感じで頭をかいている。

照れながらでいいからミーティが率先して話をしてくれないだろうか。

それが無理ならラナかレナのどちらでもいい。

リービーの相手に疲れた俺が助けを求めるようにラナとレナを見ると、彼女たちはミーティを褒めるように拍手している。

もう嫌だ。頼りになる人がいない。

最後の砦のニンを見ると、彼女はぷいっと視線を逸らした。おい、ニンまで見捨てないでくれ。

「可愛いのは確かに認めるが――」

「でしょう？　本当に、ミーティは可愛いのよね」

俺がミーティを肯定すると、ミーティはさらに照れたように頬を赤くし、リービーが言い募ってくる。

ラナとレナも、興奮した様子で声を上げていて、ニンがじとっとこちらを見てくる。

「あんたも話を脱線させるんじゃないわよ」、という目である。

いやいや、違う。

あくまで話を進めるために一時的に肯定しただけに過ぎない。

「話を戻すぞ。それが、村での指揮をとるとかの話とどう繋がるんだ？」

「ミーティってあんまり能力高くないけど頑張っているでしょう？」

「うえ!?」とミーティが目をひん剥いて俺たちを見る。

「まあ、抜けている部分はあると思うが」

ずーん、とミーティが落ち込み、ラナとレナたちが慰めている。

視界の端で口を開いていないにもかかわらず、ラナとレナはせわしないというか、騒がしい。

「でしょう？　私、魔王になる前から人間界にはちょこちょこ遊びに来ていてね。ミーティを前から見ていて、応援してあげたくなったのよ。だから、迷宮を用意してあげた。ミーティに合わせた素晴らしい迷宮になる予定……だったわ」

リービーはそこで言葉を一度区切り、表情を真剣なものに変える。

「……だった？」

何かやむにやまれぬ理由があるのかもしれない。

……まだ、迷宮にはわからないことも多い。リービーに訪れた問題が、俺たちの管理するアバンシア迷宮でも起きないとも限らない。

そんな不安から、リービーの言葉を待っていると、

「私、迷宮作るの初めてで適当に気合いであれこれやってたら、なんか暴走しちゃったの」

「おい」

「てへ」

てへじゃない。

照れたように頭をこつんと小さく叩いたリービーに、俺とニンが冷たい視線をぶつけた

のは言うまでもない。

……こんな魔王の身勝手な振る舞いに巻き込まれるこっちの身にもなってほしい。

魔王というのはどいつもこいつも自分勝手だ。

小さくため息を吐いてから、リービーに冷めた視線をぶつける。

「よくわからないけど、管理室みたいなところに行けば止められないのか？」

少なくとも、俺の場合はそこで迷宮を管理している。

だから、リービーも同じようにできるのではないかと思ったのだが、彼女は首を横に振る。

「それが、まず私に権限がないの。その辺りも適当に弄っちゃったせいで、私は入れないようになってしまったのよ」

「さすがに、もうちょっと考えて作ってくれないか……」

「てへ」

すべてそれで済ませられると思っているのだろうか？

「だから、権限を取り戻すには一度迷宮のボスを倒す必要があるんだけど……迷宮が暴走して管理者である私のコピーをボスとして設定してしまったのよ」

「……ボス、か」

「ええ。まあ討伐すればいいか、って思っていたんだけど、これが強すぎて……さすが私だわ。素晴らしいわね」

突っ込まないぞ、最後の発言には。

「強すぎてって……どうにかならなかったのか？」

コピーのリービーがボスとしても、その元である彼女も同等の力を有しているはずだ。最低でも引き分けにはできるのでは、と思っての問いかけだったが、リービーは首を横に振る。

「今の私って暴走状態の迷宮に魔力吸われているせいで私自身の能力にかなり制限がかかっているのよね」

「そうなのか？」

「ええ。迷宮の運営には人間の外皮から得られるエネルギーか、魔族の魔力が必要なのだけど、今の私の迷宮は私の魔力で運営しているみたいなのよ」

「……なるほどな」

「そういうわけで、助っ人が必要になったから、とりあえずアモンが支配下に置いているっていうアバンシアに行くようミーティに伝えたの。私が村で指揮をとっているのは、ミーティを助けるため。これで理解してくれたかしら？」

また、気になる言葉が出てきたぞ……。

「アモンはアバンシアを支配下に置いているってリービーに説明したのか？」

「ええ、言っていたわね。それで、どうかしら？　私の完璧な説明は。他に質問はある？」


アモンが支配下どうたら言っていることについてはあとで問いただそうか。

自分のコピーの強さが誇らしいのか、リービーは自信に溢れた様子である。

この自由人なリービーの相手に疲れた俺が視線を彼女から逸らすと、ラナとレナがなぜか涙を流している。

リービーのあまりの発言に呆れて涙を流しているのだろうか。

俺も一緒に泣きたい気分だ。

「……リービーさん。とても大変な思いをされましたね」

呟くようなラナの言葉。

「自分の家の鍵をなくして追い出されるような気分ですもんね。私も、何度もなくしましたからよくわかります」

前言撤回。この二人はリービーに同情して泣いているようだ。

ほぼ自業自得なので、俺としてはまったくもって同情する気持ちはない。

この場にいる六人のうち、四人が抜けているせいで話し合いに疲れてしまった。

とても頭が痛くなってきて、今すぐにこの話を打ち切り、帰宅してマニシアに会って現実逃避したい気持ちをどうにか払い、俺はリービーに問いかける。

「事情はわかったが……リービーが迷宮主に戻った場合、俺たち人間に危害を加えないとも限らないだろ？」

リービーはミーティ以外の人間に対しては興味を持っていないように感じる。

というよりも、リービー自身があまり周囲への興味がないように感じる。

だからこそ、怖い。

もしも、何かに興味を持ったとして、その興味の内容次第では無差別に人間を傷つける可能性がある。

迷宮攻略をすれば、リービーに力が戻るだろう。戻ってしまったとき、彼女が何をするかわからない。

もちろん、今のリービーからは、まったくそんな気配は感じないが、その可能性がないとも限らない。すべて演技という可能性もあるのだが。

少しだけ気迫を込めてリービーを睨みつけたときだった。

「ルード、ここにおるのかえ？」

扉がゆっくりと開き、笑顔とともにパンを頬張るアモンの姿があった。

「アモン？　どうしてここにいるんだ？」

「ルードがここにいると聞いたからの。教会騎士にルードに呼ばれたと言ったらあっさりと通してもらえたんじゃよ。あっ、これお土産じゃや。クッキーじゃよ」

アモンがクッキーを渡すと、ミーティたちが嬉しそうに受け取っている。

……教会って特に魔物とかを嫌う傾向が強いが、それに近い立場の魔王から直接受け取っても驚かないのだろうか？

それに、アモンを魔王だと聞いてもまったく警戒しないのは、問題ではないだろうか？

まあ、今更それを指摘して恐れられても困る。

アモンが魔王だということは俺も隠したままだからな。

そう思っていると、リービーが笑顔とともにアモンを見る。

「アモン！　ちょうど良かったわ。色々大変なのよ！」

アモンのほうへと飛んで行ったリービーが、アモンの前でふわふわと浮いている。

背中に生えた悪魔のような翼をパタパタと動かし、全身で大変さをアピールしている。

「どうしたんじゃ？　魔王会議からまだ幾ばくも経っておらんじゃろう？　一体何が大変なんじゃ？」

「ええ。えーとね――」

それからリービーは先ほど俺たちに話した内容を、アモンへと伝えた。

先ほどのように若干話が脱線しながらも普通に聞いているあたり、アモンはリービーの扱いにはかなり慣れているようだ。

できるのならもう少し早く来てほしかったな。

あと少し早く来てくれれば、俺の疲労がもう少し軽減していたことだろう。

聞き終えたアモンが俺のほうを見てくる。

「なあ、ルードや。この件について引き受けてはくれるのかえ？」

「……まあ、引き受けるつもりではあるけどさ。でも、迷宮が正常になったらリービーが敵対しないとも限らないだろ？」

リービーが問題を起こしたことではあるが、別に悪気があってのものではないようだ。

このまま放置しておけば、村が危険にさらされ続けることになるのでもちろん動くつもりではある。

ただ、攻略したあとのことを考えると、二の足を踏んでしまう部分もあった。

リービーは一応ミーティを育成しようとしての迷宮製作であり、リービー自身は俺たち人間に好意的なようにも見える。

だが、不安がぬぐい切れないのはこれまでの魔王たちを見ているからだ。

リービーに敵対の意思がないのなら、リービーに協力したほうがこの世界にとっても安全なのは確かだが……。

「そうなんじゃな。じゃが安心してほしいんじゃ。リービーはそんなに賢くないからの。何か画策するようなことはできぬはずじゃ」

「ちょっとアモン。馬鹿にしないでくれるかしら？」

むすっとリービーは頬を膨らませたが、そのリービーを黙らせるようにアモンが続ける。

「まあ、何かあればわしが対応するんじゃよ。わしも迷宮攻略に手を貸すから一緒にやってくれぬかの？」

アモンが両手を合わせてお願いしてくる。アモンに合わせるようにリービーも手を合わせ、目をうるうるとさせている。

……アモンもこう言ってくれているし、村は今も危険なんだし、やるしかないか。

万が一、敵対した場合はその時にどうにかするしかないよな。

「わかった。アモンを信じよう」

「ありがとうの」

「でも、アモンは大丈夫なのか？　他の迷宮の影響で本来の力が出せないとか言っていなかったか？」

「リービーが迷宮をそういう設定にしていなければ大丈夫じゃ。リービー自身が、自分の迷宮に挑戦しようとしても問題なかったようじゃから、いけるとは思うんじゃよ」

そこで判断できるのか。

確かに、最近のアモンはアバンシア迷宮近くでも元気そうにしている。

彼女に迷宮の運営を任せるようになってからなので、もしかしたら勝手に弄(いじ)ったのかもしれない。

どちらにせよ、アモンが協力してくれるなら心強い。

「ニンも協力してくれるか？」

「そうね。もともとはミーティが関係しているみたいだしね」

ニンが冗談交じりな調子でそう言うと、ずーんとミーティが肩を落とす。

「申し訳ございませんわ。わたくしのせいで。わたくしが無能なばかりに……」

「いや、どう考えてもそっちの魔王が勝手にやって問題になってるんだから気にするんじゃないわよ」

じろりとニンがリービーを見ると、リービーは恥ずかしそうに頭をかいている。

「そんなに見つめられると照れるわね」

前向きな奴だ。

これで三人は確保できた。あと三人誰か誘えばいいかと思っていると、ミーティが手を挙げる。

「そ、そうだ！　わたくしも行きますわ！　わたくしが原因でもありますし！」

「……戦えるのか？」

「一応、それなりには……っ」

「……」

不安はある。

ミーティの戦闘能力は、言い方は悪いがゴブリンの巣穴から自力で脱出できない程度だろう。

ラナとレナを含めてもそれほど高くはない。

それでも、同行したいと申し出たのは何とかしたいという気持ちからのはずだ。

ちらとラナとレナを見ると、彼女たちは不安そうにしている。

「……ミーティ様、おひとりで大丈夫ですか？」

「が、頑張ってくださいね」

ラナとレナがひらひらと手を振って見送ると、

「あ、あなたたちも来ますのよ！」

ミーティが叫ぶ。ミーティの言葉にラナとレナは不安そうに顔を見合わせている。

「え、でも私たちそんなに強くないし……」

「それでも！　お願いばかりではいけませんわよ！」

どちらの意見も正しくはある。

ラナとレナは自分たちの力を理解しているからこその発言で、ミーティは聖女として黙って見ていることはできないからこその言葉だろう。

ラナとレナは少し情けなく思うが、自分たちの力が通用しないと理解しているのだ。

むしろ、この場においては自分の能力をきちんと把握している二人のほうが正しい。

妥協点として、思いついたことが一つあった。

それでミーティが納得してくれるかはともかく、伝えてみる意味はあるだろう。

「ミーティたちには村の人たちを守るほうに専念してもらったほうがいいと思う」

「足手まといに、なってしまいますの？」

「まだ迷宮を見ているわけじゃないからはっきりとは言えないけど、その可能性もなくはないけど、そもそも村の人たちもミーティがいたほうが安心できるだろうからな」

見ず知らずの俺たちが一緒にいるよりかは、ミーティたちのほうが心強いだろう。

「……わかりましたわ」

「依頼は引き受ける。人を集めるのに時間がかかるかもしれないから、出発は明日でもいいか？」

「ええ、構いませんわ。ありがとうございます」

ぺこりとミーティが頭を下げ、それに合わせるようにリービー、ラナ、レナたちも頭を下げる。

今後の予定が決まったことだし、さっさと人を集めないとな。

あと三人、といってもルナ、マリウス、グラトくらいだろう。

リリアとリリィも誘えばもしかしたら来てくれるかもしれないが、彼女たちはもともとギルド職員だからな……。

　あまり、俺のクランの依頼に付き合わせても悪いよな。

「メンバーを集めに行くというのなら、わしも同行しよう」

「私も手伝うわね。アバンシアを見て回りたいし」

　声を上げたのはアモンとリービーだ。

　この二人を制御できる気がしない。そう思い、助けを求めるようにニンを見ると、彼女は首を横に振る。

「あたしはちょっと教会に残ってやることあるから、無理ね」

　逃げられてしまった。

「いや、俺一人でいいから」

「そう遠慮するでない」

「そうよ。両手に花じゃない。行きましょう」

　遠慮などではない。

　この二人がいると確実に問題が起きる。特にマリウスはアモンを目の敵にしている部分もあるので、いないほうが話がすんなりいくだろう。

　逃げるように歩き出した俺に、アモンとそのアモンの肩に乗るリービーもついてくる。

　気づかれない程度に歩く速度を上げると、アモンも俺に並ぶように足を速めた。

「ルード。メンバーの候補は誰なんじゃ？」

「まずはさっき話していた俺、ニン、アモンの三名だな。それと、ルナ、マリウス、グラトの三人でいいかな、って思ってる」

「なるほどのぉ。ちょうど三人とも村内にいるようじゃな。誰から行くかの？」

どうやら探知魔法を使ってくれたようだ。

さっきはああ言ったが、アモンがついてきてくれたのは結果的に俺にとって都合がいいかもしれない。

アバンシアはそれほど大きくないとはいえ闇雲に探すよりはずっとラクだな。

「一番近くにいる人から案内してくれ」

「それなら、マリウスじゃな。こっちじゃよ」

アモンが先導するように前を歩き、俺もその後ろをついていく。

歩き出してから少しして、村内を見ていたリービーが楽しそうな声を上げる。

「全体的にイージス村よりも発展しているわね」

「一応、ずっとミーティについていたんだよな？　ミーティと一緒に村に来たときとかには見てなかったのか？」

ミーティが気を失っている間も彼女の服の中に隠れていたそうだ。

だから、こっそり覗（のぞ）くことくらいはできたはずだし、リービーの性格から隙（すき）を見て村内を散策しているとも思っていた。

　そんな俺の言葉に、リービーは腕を組んだ。

「ミーティと一緒に来た時はまだ隠れていたから、こっそりとしか見られていないわ。それに、ミーティの看病に忙しかったし……」

「そんなに酷い状態だったのか？」

「休めばどうにかなるとは思うけど、心配じゃない。そもそも私が一人でぷかぷか村を移動して、誰かに見つかったら警戒されていたでしょう？　とりあえず、ミーティが回復するまで待つことにしたのよ」

「一応、ラナとレナがいるから大丈夫……じゃないか？」

「あの二人はとても可愛いけど、あまり人に説明するのは慣れていないわ」

　可愛さ関係ある？

　まあ、俺もリービーの意見におおむね同意だったので、それ以上は何も言わなかった。

　……それにしても、リービーは本当にミーティのことが気に入っているようだ。

　教会ではああ言ったが、信頼してもいいのかもしれないな、なんて思って歩いていると、リービーが興奮した様子で声を上げる。

「び、美少女がいっぱいだわ！」

「……変なところで声を上げるな」

見ていたのはホムンクルスたちだ。確かにリービーが言うように皆整った顔立ちをしている。

その一団と話をしていたのは、リリアとリリィだ。

珍しいな、と思っていると、

「ちょっと、行ってくるわね」

リービーがそちらへ向かって飛んで行った。

自由奔放すぎないだろうか。

「リービーっていつもああなのか？」

飛んでいくリービーを見ながらアモンに問いかけると、彼女は苦笑した。

「そうじゃな。小さい頃からもうずっとああじゃから手のかかる奴(やつ)なんじゃ」

「……小さい頃？」

アモンは本当に何歳なのだろうか？　俺がぽつりと漏らした言葉に、アモンがニコニコと反応する。

「何か言いたそうじゃな？」

「……いや、別になんでもないけど」

あまり年齢のことは聞かないほうがいいだろう。

そうは口にしたのだが、気になる。

何か、年齢を推測できるような言葉が引き出せないかと画策し、俺は一つの問いかけを行う。

「リービーってアモンが育てたのか？」

「育てたというよりも、一人でいるところにたまたま知り合ったくらいじゃな。魔界というのは弱肉強食でのぉ。当時はかなり弱り切っていたものじゃ」

「そう、なんだな」

俺もそこまでではないが似たような環境で育ってきたので、わからないではなかった。

魔界というのも色々大変そうだ。

そういうことを踏まえると、今笑顔で生きている彼女を見ると、少し微笑ましくはなるが――。

「……何者？」

リービーに反応したリリアが、すかさず剣を構える。

「た、助けてルード！　アモン！　私殺されちゃうわ！」

リービーは悲鳴を上げ、助けを求めるようにこちらを見てくる。

その声に反応するように、リリアが剣を構えたますすっと視線を向けてくる。

さっさと説明して。そう両目が訴えかけている。

「……悪いなリリア。そいつ、アモンの友達なんだ」

「……友達？」

その言葉に、リリアは眉間に皺を寄せる。

察しのいい奴だな。

リリアが視線を切ったところで、リービーは逃げるようにリリィのほうに飛んでいく。

リリアとは裏腹に、リリィは特に考える様子はなく、リービーを掌に乗せて眺めている。

頭を撫でたりして、まるでペットでも可愛がるようだ。

「もしかして、魔王とかそっち関係の友達？」

リリアが顔を寄せてきて、耳元でそっと訊ねてくる。

リービーに敵意がないと感じたからか、周りに聞こえないよう配慮してくれているのだろう。

俺も彼女に合わせて小さな声で返す。

「その、魔王だそうだ」

「……また、面倒事に巻き込まれた？」

「似たようなものだな」

俺がそう言うと、リリアはとんと背中を叩いてきた。

「私たちは今忙しいから、今回は多分協力できない」

「わかってるよ。リリアたちはそっちの仕事頑張ってくれ。……そういえば、イージス村近くに迷宮が出現したのは知ってるか？」

もしも知らなければ、今からリリアたちに別のギルドに報告をしてもらいたかった。

リリアはこくんと頷いた。

「一応、昨日教会騎士が来て話は聞いた。別のギルドにも連絡はしてあるけど、今すぐに応援を出すのは難しそう」

「そうか……まあ、状況を理解してくれているならそれでいい。一応、俺たちで迷宮の攻略をする予定なんだ」

「……それも、魔王絡み？」

「まあな。今はそのメンバーを集めてる途中でな。ほら、リービー。行くぞ」

もともと今回は二人を誘うつもりはない。

戦力としてはいてくれたほうが嬉しいんだけどな……。

リリィの掌に乗っていたリービーの首根っこをつまむようにして掴み、彼女たちと別れた。

……今後どうなるかはわからないが、リリアたちには魔王の存在について知っておいてもらったほうがいいだろうとは思っていたので、結果的には良かったかもな。

そんなことを考えながら歩いていると、村内を見まわしていたリービーが声を上げる。

「アバンシアはイージス村よりもかなり発展しているけど、どうしてこうも違うのかしら？」

「一応、迷宮が近くにあるからだろうな」

「迷宮があると村というのは発展するものなのかしら？　確か、迷宮って人間たちにとってはあまり良いものではなかったわよね？」

状況によるとしか言えない。

もちろん、迷宮の魔物を狩れるような戦力がない場合はリービーが言うように不利益になることもある。

「もちろん、そういうこともある。でも、迷宮には無限の可能性があるからな」

「人間にとって迷宮ってそんなにいいのかしら？　私たちのエネルギー源よ？」

「……まあ、人間にとってもいい場所なんだよ。色々な素材を求めて、冒険者が集まって……その冒険者を管理する人間たちも集まって、それらを目当ての人がさらに集まる。いい迷宮ならの話だけどな」

「なるほどねぇ。アバンシアはそれで発展した、ということかしら？」

まあ、アバンシアの場合ホムンクルスなどの他の要素もあったからこそ、大きく発展したんだけど、村の発展の流れとしては間違っていないだろう。

「そうなるな」

「イージス村も発展する可能性があるってことよね」

「そうだな。これから迷宮が落ち着いて、リービーが冒険者にとって喜ばれる迷宮を作れば可能性はあると思う」

「そうなれば、教会もできてミーティも村に居つくかしら？」

「……それは、教会の方針もあるからなんとも言えないが。とにかく、迷宮の暴走を止めないことにはその先に進まないけどな」

「そうよね。まったくもうだわ」

原因がそんな言い方するんじゃない。

リービーがふわりと飛んでアモンの肩に乗ったところで、

「おっ、あそこにマリウスいるんじゃよ」

向かいの店をアモンが指さした。

魔物肉の串焼きを販売している出店で、マリウスがちょうど購入しているところだ。

こちらが近づいていくと、マリウスも反応し、受け取った串焼きを片手に、空いているほうの手を上げた。

「ルード、と……アモンか。今朝は朝早くから教会に行っていたようだがなんだ？　問題ごとか？」

嬉しそうに聞くことではないだろう。

「ちょっとな。イージス村近くに迷宮が出現したらしくてな。迷宮攻略に協力してくれないか？」

「ああ、それはいいんだが……そっちにいるアモンとちっこいのはなんだ？」

じろりとマリウスはアモンとその肩にいるリービーを見ている。

串焼き屋から離れるように歩きながら、リービーが自己紹介をする。

「初めまして。私はリービーよ」

「一応、新しい魔王じゃ。それにしても、それ美味（うま）そうじゃの」

「それ美味そうね」

じろっと串焼きを見るアモンとリービーから、串焼きを守るようにマリウスが半身になって体で隠す。

「欲しければ自分で買うんだな。……魔王って、また新しいのに力を与えたのか。まさか、そいつが作った迷宮じゃないだろうな？」

「そのまさかなんだよ」

俺の言葉に、マリウスは串焼きを食べながら不満げに口を開く。

「まったく、また適当な奴（やつ）が魔王になったな。……というか、新しい魔王ができたということは今の魔王が力を失うことになるが、誰の力がなくなったんだ？」

「一応、グリードの力じゃな。今はただの魔族じゃよ」

「なるほど。そいつは良かったんじゃないか、ルード」

マリウスがちらとこちらを見てきたので、頷いた。

「そうだな」

魔王って、そういう感じなんだな。

まあ、ただの魔族になったといっても、マリウスたちくらいの強さはあるだろう。

一応、マリウスは魔人だそうなので、単純に比較はできないが、敵対すれば脅威であることは変わらない。

「マリウスは、魔人かしら？」

リービーが気になるようで、マリウスに問いかける。

「そうだな。リービーも似た魔力を感じるが、そうなのか？」

「私もそうなのよ。奇遇ね」

「そうか。なあ、ルード。先ほどの迷宮攻略の話だが、なぜ迷宮を作った張本人がいて、攻略しなければならない状況になっているんだ？」

「……それはだな――」

俺は先ほど教会でリービーたちから聞いた話を、マリウスへと伝えていく。

すべてを聞き終えたマリウスは、じろりとリービーを見た。

「さすがアモンの知り合いだな。自由気ままというか、勝手というか……そのせいで下の者たちが苦労させられるんだがな」

「今は人間たちも苦労させられてるな」

わりとマリウスも適当なほうではあるが、リービーほどでは……ないと思う。たぶん。

俺たちのぼそりと責めるような言葉に、しかしリービーは意に介した様子はなかった。

諦めるようにマリウスがため息を吐いたところで、頷いた。

「わかった。オレも協力しよう。暴走した迷宮というのは、楽しそうではあるからな」

嬉しそうに笑うマリウス。

……まあ、マリウスは戦うのが好きだから、なんだかんだ言ってもそこに行く着くのだろうな。

「ああ、ありがとな」

「メンバーはもう決まっているのか？　いつもなら、リリアとかも誘うだろう？」

「今回リリアとリリィは誘う予定はないな。あとはグラトとルナを誘うつもりだ」

「グラトか。ヴァサゴを吸収したからか、それなりに近接戦闘もできるようになっているからな。あいつはかなり戦力になるぞ」

「そうなのか？」

「ああ。オレも指導しているが、中々のものだな」

マリウスがそう言うのなら、かなり信頼できるな。

「グラトがどこにいるかわかるか？」

「そうだな……グラトは徘徊癖があるからな。村内のどこにいるかわからん」

……そうなんだよな。

グラトのその日一日の予定はよくわからない。

別に縛るつもりはないが、何か用事を頼みたいときなどは困ってしまう。

「アモン、グラトは見つかったのか？」

「うーむ……一応村の端のほうにそれっぽい反応はあるんじゃがな。あやつ、魔力を消すのがかなりうまくてのぉ」

アモンはそれからも唸りながら、グラトを探し始めてくれる。

グラトはふらーっと遊びに来ることもあれば、ふらーっと魔物を討伐に行くこともある。

とりあえず、探しに行ってみないことにはわからないいな。

マリウスと別れたところで、俺はグラトを探して村を歩く。

「それにしても、美少女だらけで最高ね、人間界」

歩いていると、周囲を見て楽しそうにリービーが声を上げる。

「これまで会ってきた魔王たちは皆顔が整っていたけど、他の人たちは違うのか？」

「まあ、整ってはいると思うけど、私は人間のほうが好みなのよね。魔王になって良かったわね」

「動機が不純すぎないか？」

「そうかしら？」

不思議そうに首をひねる彼女に、アモンが頷く。

「リービーの理由はかなり不純そのものじゃが、そういう理由のほうが力が出せる者も多いはずじゃ。人間にだって、モテたいから冒険者を目指す、という場合もあるじゃろう？」

「……まあ、そうだな」

俺だって冒険者になった理由は、突き詰めれば金を稼ぐため、だからな。

確かに、行動の原動力というのはそういうものなのかもしれないな。

しばらくアモンの探知魔法を頼りに歩いていると、グラトの姿を見つけた。

「グラト、ここにいたのか」

場所は村内ではあるがほぼ外に近い場所だ。

そこでどこからか持ってきた椅子に腰かけ、座って本を読んでいた。

本を読んでいたグラトは、俺の声に反応して視線を上げた。

「あれ、ルード？　何かあったの？」

ぱたりと本を閉じた彼は、首を傾げながらじっと見てくる。彼の視線はリービーに向けられている。

「ちょっと迷宮が発生したみたいでさ。その攻略を手伝ってもらえないかと思って探していたんだ」

俺の言葉に、グラトの視線がリービーへと向く。

「そうなんだ。僕は大丈夫だけど、そちらにいるのは魔王さん？」

「ああ。よくわかったな」

「魔力の感じから、こうなんとなくって感じかな？　初めまして。僕はグラトっていうんだ。よろしくね」

ぺこりと頭を下げるグラトに、リービーは考えるような視線を向けている。

どうにも不思議そうな表情をしている。

「初めまして、ね。そう言うあなたは……魔王、なの？　人間のように見えるけれど……」

グラトの魔力から、魔王に近いものを感じたのだろう。

だが、グラトの姿を見て、明らかに人間であることに動揺しているような様子だ。

グラトもその質問は予想していたようで、すぐに笑いながら答える。

「うーん、ちょっと難しい感じかな？　アモン、今の僕ってどんな感じなの？」

グラトが問いかけると、アモンも複雑そうに眉を寄せる。

「そうじゃのぉ。魔王を吸収した人間、といった感じかのぉ？　わしもこういう事例は初めてじゃから明言はできんのぉ」

「だそうだよ」

アモンの曖昧な表現だったが、それでリービーは納得できたようで頷いている。

「そうなのね。まあでも、魔王仲間みたいなものだしよろしくって感じね」

「よろしくー」

これで、話が進んだと認識していいのだろうか？

グラトもリービーも細かいことを気にしない性格のためか、今のようなふわふわした会話でも満足できてしまったようだ。

これを他の人が聞いたら、さらに疑問符が浮かびあがると思う。

俺は一応グラトがどのような流れで魔王を吸収するに至ったかを知っているから納得できるが、だからこそ、先ほどの説明だけで終わらせられるのかという疑問は浮かんでしまっていた。

ただ、それを口にしたところで話がややこしくなるだけだ。細かいことは気にしない。

二人の精神を見習うように俺もそこについてそれ以上触れることはしなかった。

「それじゃあ、グラトも参加してくれるってことで……出発の時間とか予定が決まったら伝えるな」

「うん、わかったよ。それじゃあ、それまでちょっと鍛えないとね」

グラトはにこりと微笑み、それから持ってきていた椅子を持ち上げて歩き出した。

鍛えるということは、これから魔物狩りにでも行くのだろう。

俺たちも予定は済んだので、その場を離れた。

あとはルナだけだな。

「アモン、ルナの位置はわかるか？」

「それなら、ちょうどおぬしの家にいるようじゃな」

「そっか」

それなら、家に戻ったところで話せばいいだろう。

とりあえず、リービーが大きな問題を起こすことなく、魔王であることを皆に伝えることもできた。

十分目的は達成できたな。

「二人ともありがとな。そういうわけで、ここで解散ってことで……」

今のところ平和に終わったので、魔王たちが問題を起こす前に別れようとしたのだが、
リービーが問いかけてくる。

「それにしても、ルードの周りって魔王多くないかしら？」

その一人であるリービーがぽつりと漏らす。

「そうなんだよな……まあ、問題を起こさないなら別にいいんだけどな」

別にどんな種族が周りにいても俺は構わない。

ただ、一つだけお願いしたいのは、大事件を起こさないこと。

それさえ約束してくれるなら、別に自由にしてくれて構わない。

そんな俺の考えが意外だったのか、リービーが驚いたようにこちらを見てから、微笑を浮かべた。

「たぶん、そういう態度が魔王を集めるのね」

「……どういうことだ？」

「差別なく、気にせずに接してくれる相手というのはいいものよ。私たち魔族は特に人間に嫌われているでしょう？」

「……まあ、そうだな。でも、俺だって敵対するなら嫌うというか、反抗するぞ？」

「でも、戦ったあとでも仲良くなれることもある、でしょう？」

ちらとリービーがアモンを見ると、彼女は満面の笑みを浮かべる。

「そうじゃな。ルードは良い人間じゃな」

そこまで褒められると少し照れ臭い。

「……そうか。まあ、そういうわけで……問題を起こさないでくれよ」

「わかっているんじゃよ。それじゃあ、わしは適当にリービーに村を案内しているんじゃよ」

アモンたちとはそこで別れ、俺は自宅へと向かって歩き出した。

家に戻ると、ルナとマニシアや家に出入りしているライムやルフェア、ベイバーンがいて、ルナたちが餌をあげている。

「兄さん、お帰りなさい。教会でのお話は終わったのですか？」

マニシアが小首を傾げる。

その可愛らしさに疲れも吹き飛んだ。

「ただいま。ちょっとまた村を離れないといけない依頼があってな。それで、ルナにも協力してほしいと思っているんだけど……」

この魔物たちはマニシアの護衛用のような感じで俺の家やニンが借りている宿を出入りしていることが多い。

こちらに気づいた魔物たちが近づいてきたので、軽く頭を撫でながらルナを見る。

「もちろんですマスター。どのような依頼なのでしょうか？」

それから、俺はルナに今回の依頼の内容について話をしていった。

新たな魔王の話もしたのだが、相変わらずの様子に隣で話を聞いていたマニシアも苦笑している。

ルナは承諾してくれたので、これでひとまずメンバーは揃ったな。

第二十九話　イージス村

今日は、イージス村へ出発する日となった。幸いなことに、天候も悪くなく……絶好の出発日和だ。

北側の門へ向かうと、教会側で用意してくれた馬車があった。

御者を務めるのは、ラナとレナだ。すでに、ニンたちも馬車近くに集まっていて、俺が一番最後となってしまった。

「遅いわよ」

「待ち合わせ時間まではまだあるだろ？」

そんな話をしつつ、俺たちも馬車へと乗り込んでいく。

俺たちが全員乗ったのを確認したところで、先に乗っていたミーティが御者を務めるラナとレナに声をかける。

「ラナ、レナ。それでは出発させてくださいまし」

「わかりました」

「それでは、出発しますが……皆さま、忘れ物はありませんの？」

ミーティの視線がちらと俺に向いたので、俺は確認するようマリウスたちを見る。

俺としては、マニシアと別れるということが苦しいのだが……それを口に出すわけにはいかないので押し黙る。

俺の悲痛な心とは裏腹に、皆は大丈夫そうだったので、ミーティに頷き返すと、御者台からこちらを覗きこんでいたラナとレナが頷いて、手綱で馬を軽く叩いた。

馬のいななきが響き、馬車が動き出した。

順調に進みだしたところで、俺は馬車内を見る。

それなりに大きな馬車内には、俺が集めたメンバーが座っている。

俺、ルナ、ニン、マリウス、アモン、グラトたちだ。

男女で分かれるように座っていたが、用意したお菓子を摘みながら談笑している。

……これから、魔王が待つ迷宮を攻略するという空気はまるでない。

まあ、気張られても困るのでこのくらいでいいのかもしれない。渡されたお菓子をいただきながら、そんなことを考えていた。

このメンバーで問題なく迷宮が攻略できればそれでいいんだけどなぁ。

しばらく馬車は走り続け、おおよそ三時間ほど走ったところだった。

馬の悲鳴のようなものが聞こえ、急に馬車が止まる。

衝撃に備えるように力を入れながら、吹っ飛びそうになっていたルナの体を押さえる。

「大丈夫か？」

「す、すみませんマスター。完全に気を抜いていました……」

恥ずかしそうに彼女は手に持っていた食べかけのクッキーを隠していた。

別に恥ずかしがることではないし、責めるつもりもない。

「大丈夫だって。それより、ラナ、レナ何があったんだ？」

「大丈夫ですの!?」

大きな声を上げながらミーティがそちらへ顔を向けると、ラナとレナからも慌てたような声が返ってくる。

「ミーティ様、まずいです」

「危険な状態です」

「魔物ではありませんの！」

ミーティが声を上げ、俺たちは窓から外へと視線を向ける。

ちょうど遠くに村が見えていたのだが、村の外で今まさに戦闘が繰り広げられていた。

まだ距離はあったのだが、それを見て恐らく馬たちは怯(おび)えてしまったのだろう。

魔物は様々な種類がいた。

ゴブリンやウルフとよく見る魔物はもちろん、オークなどの強敵までも見えた。

すべて、迷宮から現れた魔物たちだろうか？

それらを相手にしている騎士たちはかなり、疲労しているようにも見える。

ちらとアモンのほうを見て、その膝の上にちょこんと乗っているリービーに声をかける。

「教会騎士たちは大丈夫なのか？」

「そうね……毎日魔物の対応をしているからかなり疲労しているとは思うわ。でも、最近は成長してきているのか、いい感じに捌けているわね。なんだか育てているみたいで楽しいわ」

誰も成長に関しての感想は聞いていない。

ただ、疲労がたまっているのは確かで、援護できるのあれば援護しに行くべきだろう。

「ラナ、レナ。今のまま馬を走らせるのは危険だからここで待機させてくれ」

「わかりました」

「私たちも怖いので待機させてください」

どうやら魔物討伐に駆り出されると思ったのだろう。

涙目で必死に訴えかけてくる彼女らを見て、腕を伸ばしたミーティが頭をこつんと叩く。

「怯えていられませんわよ！　わたくしたちもすぐに援護へ……！」

「いや、ミーティたちは念のために残ってくれ」

「うぬ!?　し、しかしルード様！　それでは村がやられるのを黙って見ていろということですの!?」

「いや、村には俺とマリウスとアモンで援護に向かう。残りの三人は馬車周囲の警戒に当たってくれ。魔物がこっちに襲い掛かってくる可能性もあるからな」

ルナとニンとグラトを残したのも、この馬車の護衛をするためだ。

……さすがに、ミーティ、ラナ、レナだけでは不安だろう。

「よし来た。ちょうど体がなまっていたところだったからな。早速行ってこよう」

「むぅ……僕も戦ってみたかったのに」

「それならわしと代わるかの？」

アモンがグラトにそう言ったのを、俺は否定する。

「いや、グラトは近接でも結構戦えるんだろ？　魔法が得意なアモンに援護してもらいたいから、ついてきてくれ」

「むぅ……わかった。我慢するよ」

グラトもわりと戦闘が好きなタイプなのか……。

魔王に縁のある人というのは戦闘狂が多いのかもしれない。

俺だって適当にメンバーを選出しているわけではなく、バランスを考えてのものだ。

馬車に残るメンバーが魔法ばかり得意だと万が一があるかもしれないからな。

……まあ、ルナもニンもアモンも、近接よりは魔法のほうが得意なだけで、そこらの冒険者よりも近接でも戦えるけどな。

とはいえ、万が一の可能性を与えられる敵がいるのかどうかという疑問はあるが。

本当はマリウスとグラトを入れ替えたいのだが、マリウスを説得するのには時間がかかるので、マリウスに行ってもらうことにした。

猪みたいな奴だからな……。

すでに飛び出したマリウスはだいぶ先行していて、俺とアモンもその後を追うように飛び出した。

マリウスが一人で突っこんでいく姿は、普通ならば心配するところだが……まあ、マリウスだからな。

大丈夫だろう。

むしろ、魔物たちのほうを心配するべきかもしれないな。

俺もそのあとを追うように走ると、アモンの魔法が体を包んだ。

体が軽くなる。速度を上げるための補助魔法だろう。

マリウスも同様に魔法を受けたのか、さらに加速する。一瞬の間に魔物の軍勢の最後方にいた魔物とぶつかった。

一閃が魔物の首をはねた。

雷のような一撃。

攻撃は一瞬で終わらず、さらに次の魔物へと襲い掛かる。

魔物たちが後方の俺たちに気づいたのは、マリウスが二体目を仕留めたところだった。

速い。

マリウスは最近さらに力をつけているのがわかる。

味方になってくれたから助かるが、もしも敵だったらと思うとぞっとする。

「マリウスの奴、最近さらに強くなったのぉ」

「アモンの目から見てもそう思うのか？」

「そうじゃな。まあ、直接伝えると調子に乗って面倒じゃから、今のは聞かなかったことにしてほしいんじゃよ」

……まあ、二人の言い合いを聞かされても疲れるだけなので黙っていよう。

視線を前に向けた俺は、危険に晒されている騎士たちの近くにいた魔物へ、『挑発』を放つ。

まさに今騎士へと襲い掛かろうとしていた魔物が、俺の『挑発』に反応してこちらを見る。

さあ、来い。

周囲の魔物たちにも『挑発』を使い、処理できる数の魔物を俺に注目させる。

「ガアアアア！」

魔物たちの咆哮が上がり、こちらへと迫ってくる。

その魔物たちの体を射抜くように、アモンの風魔法が襲う。

数が減った。

跳びかかってきたオークを大盾で受け止め、殴り飛ばす。

オークを弾き飛ばし、別の魔物にぶつけて動きを阻害する。

集団を相手にする際の基本にしてもっとも有効な攻撃だ。

倒れたオークに、魔物たちがあからさまに動きにくそうにしている。

オークに巻き込まれなかったゴブリンが脇から迫ってくる。その方向から攻撃が来るように誘導していた部分もあるので、簡単に捌ける。

振りぬかれた一撃をかわしながら、剣を振るう。

さらにウルフが迫ってきたが、同時に近づいてきていたゴブリンに剣をぶつけ、ウルフの進行方向に転がす。

巻き込まれるようにして倒れた魔物たちを見ていると、起き上がったオークが迫ってくる。

しかし、その首が飛んだ。

アモンの風魔法だ。

隙（すき）を見せた魔物たちが次々に倒されていく。

そんなアモンも注目を集めることになるが、アモンに集まっていた視線を『挑発』で強引に奪い返す。

怒りを刺激された魔物たちが、再び俺へと迫ってくる。

他の仲間たちが動きやすいようにするのが俺のタンクとしての役目だ。

ゴブリンの巣穴と違い、ここは動ける範囲が広いので、うまく動かないと他の魔物の攻撃を妨害できなくなってしまう。

魔物たちを捌（さば）きながらすぐに次の魔物をおびき寄せるために『挑発』を発動する。

それにしても、俺が倒さなくともほとんどアモンが魔法で確実に仕留めてくれるので随分と動きやすい。

敵の攻撃を捌くことに集中していると、その数はどんどんと減っていき――戦闘はすぐに終了した。

軽く深呼吸をしていると、村のほうで戦っていた教会騎士たちが近づいてくる。

「あ、ありがとうございます……って、もしかしてルード様でしょうか？」

教会騎士たちが興奮した様子で問いかけてくる。

期待のこもった視線に、苦笑とともに頷（うなず）いた。

「えーと、そうですが」

「ということは、ミーティ様がアバンシアに無事到着されたということですよね……!?」

「そ、それにしてもまさか、クラン長自ら動いてくれるなんて……やはり、噂に聞いていた通り、ルード様はお優しい方なのですね……!」

異常ともとれる興奮具合に困惑していると、ミーティたちを乗せた馬車もゆっくりと近づいてきた。

……とりあえず、詳しい話は彼女たちを交え、村の中で行おうか。


魔物たちを退けたあと、そのままイージス村へと入る。

村は教会騎士や自警団たちのおかげもあってか、魔物たちに傷つけられた様子はない。

ただ、村人含めとても疲弊しているように見える。

イージス村に残った戦力は、決して多くはなかっただろう。

その人数で村を守りきれたのは、彼らの精神的な強さ故だと思う。

戦いで一番最後に大事なのは精神力だからな。

ミーティたちの馬車も村へと入れたところで、俺たちは教会騎士とともに村を歩いていく。

戦闘によって疲弊していたと思われる教会騎士たちだったが、それでも笑顔とともに俺たちを歓迎してくれる。

俺たちの顔を見るや否や、もう助かったかのような笑顔に変わっていくことに俺は多少の緊張も感じていた。

……俺たちってそこまで期待されるような立場だろうか？　と。

これで万が一攻略に失敗しましたなんてなったらどうなってしまうのだろうか。

そんなことを思っていると、ミーティが皆の前に立った。

「皆さん、アバンシアからルードさんとその仲間たちを連れてくることができましたわ」

村の中を守っていた教会騎士たちも集め、改めてミーティがそう宣言する。

俺の名前が挙がった瞬間、教会騎士たちから歓声のようなものが上がる。

「ルードさんといえば、アバンシアの最高戦力じゃないか！」

「この前も王都の迷宮を攻略したと言っていたよな!?」

「そんな人が来てくれるなんて……もうこの村も助かったも同然じゃないか！」

「あと少し……あと少し凌げばいいんだな！」

俺たちが迷宮攻略をする前提で、教会騎士たちは盛り上がっていく。

……もちろん、俺たちも攻略するつもりで来てはいるが、それにしたって盛り上がりすぎだ。

これは、絶対に失敗できないぞ。

改めて気合いを入れなおしていると、教会騎士たちの奥から年配の男性が姿を見せた。

その人を見たミーティの表情がほころび、同時に相手の教会騎士も感慨深そうな笑みを浮かべる。

「ミーティ様！　よくぞご無事で！　ミーティ様とラナ様、レナ様だけでは不安もありましたが……立派な聖女様になられましたね」

年配の教会騎士は、どうやらミーティたちのことを長く知っているようだ。

まるで我が娘の成長を喜ぶかのようで、なんなら泣き出しそうにも見えるくらいだ。

そんな彼の反応に、ミーティが頬を引きつらせている。

……まあ、実際に教会騎士の心配するような状況に陥っていたのだから当然か。

「は、はい！　な、何も問題はありませんでしたわ！　それで、早速なんですけど、リービーに会いたいですわ。先ほどの戦闘には参加していなかったようですけれど、どちらにいますの？」

……アバンシアまでの旅の話を掘り下げられたら困るのだろう。

さくっと流し、ミーティはすぐに話を進める。

「今は拠点で休まれています。どうぞ、こちらに来てください。ルードさんたちも、ささ」

教会騎士は丁寧に頭を下げながら道を示す。

テントの間を縫うように移動していくと、ひときわ大きなテントが見えてきた。

あそこでどうやら打ち合わせをするようだ。

「今、村で指揮をとってくださっているリービーさんのこと、知っていますか？」

「……一応、ミーティから話は聞いています」

「そうなのですね。特に冒険者というわけではないそうなのですが、凄い力を持っていまして……何よりとても美しい方なんです」

「そうなんですね」

教会騎士たちは口元を緩めながら語る。

……その人、魔王なんですけど、と言ったらどんな反応を示すだろうか。

そんな考えとともにミーティを見てみると、その肩に乗っていた小さなリービーは姿を消していた。

もともと、魔法で作っていた分身体で、俺たちと話をするのが目的だったのだから、本体と会える今となっては不要ということだろう。

教会騎士たちに案内されたのは、テントが並ぶ一帯だ。

もともとこの村には教会がないから、空き地を借りて休む場所を用意したのだろう。

テントが並ぶ一帯を歩いていくと、向かいからリービーが近づいてきた。

冷徹ともとれる落ち着いた表情で、すたすたと歩く彼女は確かに美しい。

凛々しい顔つきだ。人によっては冷たい印象を受けるかもしれないが、とても整っている。

出るところは出ていて、引っ込むところは引っ込んでいるという、世の女性たちが羨むような容姿をしていた。

そんなリービーは俺の前まで来るとその表情を緩めた。

翼や尻尾などは隠そうともしていないが、まあ亜人の中にはリービーくらいの容姿の子もいるため、さして問題にはならないのだろう。

それまでのクールな印象から途端に人懐こい雰囲気へと変わる。

その変化に、教会騎士も見とれているようだった。

……俺もこれが初対面ならば、教会騎士と同じように見とれていたかもしれない。

しかし、口を開けば「ミーティ可愛い！」といった少し気の抜けたリービーを知っているために、今のこの姿はおそらく猫を被っているだけなんだろうと考えてしまっていた。

「ルード、久しぶりね。ようやく、会えて嬉しいわ」

「あっ、そういえば、ルードさんとリービーさんはお知り合いでしたね」

教会騎士が思い出したように声を上げる。

俺は少し驚いてしまった。

リービーめ。

そういう設定なら事前に説明をしておいてほしいものだ。

俺はじろーっとリービーを睨む。

しかし、リービーは俺の視線など意にも介さず、相変わらずの柔らかな微笑を浮かべている。

「今後の迷宮攻略の流れについて彼らと話をするわ。一度、席を外してもらってもいいかしら？」

「はい、わかりました」

教会騎士がすっと礼をして、テントから順番に出ていく。

なんだかリービーが教会騎士たちに深く関わっているようだが、それでいいのだろうか？

教会の代表としてミーティたちがいるから、問題ないといえば問題はないのかもしれないが。

まあ、俺たちにとっては好都合だ。

魔王とかの話題も取り上げるかもしれないし、あまり多くの人に聞かれたくないからな。

それにしても、教会騎士たちは去り際にリービーに「あとはお願いします」と声をかけていっている。

見事に教会騎士たちを取り込んでいるな。

鮮やかすぎる取り込みようなので、万が一彼女に悪意があった場合が恐ろしい。

容姿、会話術……まさに傾国の美女ともいえる彼女が、悪意を持って国の中枢に入り込んでいたとすれば、大変なことになっていただろう。

そんなリービーは、教会騎士がテントから離れた瞬間——情けないくらいのとろけた表情とともに、ミーティへと飛びついた。

「本体で会えるのは久しぶりだわ！　あぁ！　ミーティの匂いぃぃぃ！」

リービーは途端に先ほどまでのクールな様子を崩し、自分の欲望を解き放った。

……教会騎士をテントから離れさせたのって、これが目的じゃないよな？

彼女の豊かな胸に埋もれたミーティがくぐもった声を上げながら抵抗する。

「ちょ、ちょっと！　やめてくださいまし！　ラナ、レナ！　助けてくださいまし！」

リービーの力が強いようでミーティは脱出不可能そうだった。

名前を呼ばれた二人はのんびりとした雰囲気で、アバンシアで購入したお土産(みやげ)をテントの隅に並べ、満足そうにしている。

いつの間に購入していたんだこいつらは。

そして、まったくもって主(あるじ)を助ける気がなさそうだ。

……まあ、大型犬が飼い主にじゃれているようなもので、わざわざそれを止める人間はいないよな。

「リービー、そのままでいいから話を進めてもらっていいか？」

「ええ。もちろんよ」

「る、ルード様!?　ゴブリンの巣から救出してくださったときのように、お助けくださいまし！」

……悪いな。

今回の目的は迷宮攻略なんだ……。それに、仲良さそうに見えるしいいんじゃないか？

自由な片手をすがるように伸ばしてくるミーティからさっと視線を外し、リービーを見る。

「迷宮の詳しい位置については、またミニリービーを作って案内するわ」

ミーティを抱きしめたまま、リービーが声を上げる。

さすがにミーティも諦めるように、リービーの腕に収まっていた。

リービーはひたすらにミーティの頭を撫で続けていて、完全にペットにでも接するかのような動きだ。

「ああ、わかった。村の防衛はリービーたちにお願いしてもいいんだよな？」

「ええ、大丈夫よ。ただ、そこまで戦力があるわけでもないから、なるべく攻略は早めにお願いしたいわ」

「了解だ」

確かに、教会騎士たちの数や彼らの様子を見ても、そこまで皆が戦闘を得意としているようには見えない。

リービーの言う通り、限界はあるだろう。

ただまあ、俺たちが迷宮に潜れば外に溢れ出る魔物の数も減るはずだ。

「うう……わたくしにもっと力があれば一緒に迷宮攻略をお手伝いできますのに。いえ、もっと力があれば、ルード様たちにそもそも頼る必要もありませんでしたのに」

「そうかもしれないけど……今はできることをしたらいいんじゃないか？」

「……ルード様。そうですわねっ。落ち込んではいられませんわね。とにかく、皆様、よろしくお願いいたしますわ」

素直に誰かに頼れるのは、ミーティの才能だろう。

そんな彼女の言葉に押されるように、俺たちはテントを後にした。


テントを出てしばらく歩いたときだった。

俺の肩に僅かな重みが生まれたと思えば、すぐにリービーの声が聞こえた。

「それじゃあ、ここからは私が案内するわ」

見ると、俺の肩に小さなリービーがいた。

アバンシアで、ミーティについてきたときのようにまた分身を作ったようだ。

俺の肩にぱっと現れたことに多少は驚かされた。

ただ、今優先すべきは迷宮攻略なので、それらの感情を抑え込むように一つ息をついた。

リービーは、窺うように顔を覗き込んでくる。

「もう今すぐ迷宮攻略に行ってもいいのかしら？　少し休む？」

ここまで馬車での移動をしているので、疲れている人もいるかもしれない。

俺は移動には慣れていたので問題ないが、皆にも確認しないとな。

「ちょっと待ってくれ。……皆、このまま迷宮攻略に向かっても大丈夫か？」

「あたしは大丈夫ね。ルナはどう？」

「はい、私もです」

こくりと二人は頷いた。

それから、マリウスとグラトも声を出す。

「オレも今すぐに行きたいくらいだ」

「僕も。あんまり戦えてないから軽く動きたいなって思ってるよ」

「おぬしたち、血気盛んじゃのぉ。まあ、わしも大丈夫じゃよ」

どうやら、長旅の疲労はまるでないようだ。

彼ら彼女らの表情を見ても、特に疲れている様子はなさそうだな。

「大丈夫そうだ。……リービー、案内を頼んでもいいか？」

「わかったわ。とりあえず東の……あっちから村を出てちょうだい」

リービーが村の外を指差し、俺たちは彼女の案内のままに歩いていく。

マリウスとグラトが前のほうを歩いていき、俺が中段に位置する。

後ろでは、ニン、ルナ、アモンの三人が並んでいる。

魔物が現れる場所ならば、俺が先頭に行くべきだが、まだそれほど警戒するような状況でもないし、今のままで進んでいっても大丈夫だろう。

村内を歩いていくと、イージス村の長閑な景色が見えた。

今は魔物との交戦もあり、人々は殺気立っている部分はある。

ただ、普段は昔のアバンシアに似て落ち着いている。

俺としては、そういった雰囲気のほうが好きなので、少し懐かしい気持ちにさせられる。

今のアバンシアが嫌いというわけではないが、時々は昔のような状態を思い出してしまう。

そんなことを考えながら歩いていると、ニンがこちらへと近づいてきた。

「リービーはあんまり姿を見せてないけど、意図的に隠してるの？」

ニンの問いかけに、リービーはちらとニンのほうを見てから頷いた。

「まあ、あんまりこういうスキルを持っている人はいないみたいじゃない？　それで変に注目を集めるのは面倒なのよね。私、別に魔王を喧伝して回りたいわけではないし」

……そのわりに、俺たちとの自己紹介のときには魔王を自称していたが。

まあ、あれは俺たちに状況をわかりやすく端的に伝えるためというのもあったのかもしれない。

その解答に納得したようで、ニンは腕を組んで頷いている。

「なるほどね。だから、村の中だと隠れるようにしているのね」

「そういうことよ。私としてはミーティの力になれればそれで十分なのよ。それ以外は別に何もいらないわ」

リービーのミーティへの思いは本気なのか、その発言をしたときの表情と声音は真剣そのものだった。

ただ、それも一瞬のことでリービーはすぐににへらと笑う。

「まあ、迷宮運営なんて初めてだったから大失敗しちゃったんだけど」

「まったく。それで、かなり迷惑かけてんだからちゃんと反省しなさいよ」

まったくもってその通りだ。

俺がニンの指摘に頷いてると、リービーもさすがに気にはしているようで唇をいじけたように突き出す。

「それは……ちょっと反省しているわ。ただ、今までだいたいのことは気合いで済ませてきたから、今回もなんとかなると思っていたのよ」

気合いでどうにかなるにも限度というものがあるだろう。

ましてや、迷宮運営というのは気合いから程遠い、頭を使う作業なんだし。

リービーの考え方には俺も似たりよったりな部分もあるので、何も言うことはしなかったが。

リービーの言葉に苦笑したのは、ニンだけではなくアモンもだ。

「それならわしに相談しておいてくれれば良かったんじゃ。わしなら完璧な迷宮を運営してやったんじゃがな」

……確かにそうだよな。

もともとアモンが持っている迷宮は人気の迷宮だし、今のアバンシアの運営もアモンに任せているが特に何も問題は起きていない。

アモンの言葉に、リービーは俺の肩にぺたりとなるようにして顔を隠す。

視線を向けると、少し悔しそうに見える。

「……だって、色々お世話になったアモンにまた頼るなんて、みっともないじゃない。私だって、もう立派なレディなのよ」

どこまでが本心なのかはわからないが、リービーとしても複雑な気持ちというのがあるようだ。

「レディだとしても、わしからしたらまだまだ子どもなんじゃよ」

……リービーは、子どもっぽいところがあるのだが、実際そうなのかもしれないな。

リービーからすればアモンは親かあるいは姉のように慕っているので、そんなアモンにいいところを見せたかったというのもあるのかもしれない。

同時に、俺の中に三度めばかりの疑問が浮かぶ。

……アモンって本当に何歳なのだろうか？

リービーはすっかりいじけてしまったようで顔を俺の肩にうずめたままで何も口にしなくなってしまう。

年齢でもうっかり話してくれればいいのに、なんて思っていると、同じような疑問を抱いたのか、ニンの隣にいたルナが小首を傾げた。

「アモン様って、リービー様よりも年上なのですか？」

「まあ、そうじゃな」

「アモン様って色々知っていて、とても凄いですよね。おいくつなんですか？」

おっ、ルナ。良く聞いてくれた。

ルナなら、きっとアモンも快く答えてくれるはず。

そう思ったとき、リービーが笑顔とともに口を開き、

「アモンはたぶんだけど千さ――うぐ!?」

アモンのチョップのような一撃が俺の肩を襲う。

見ると、リービーが潰されていた。それこそ、虫でも潰すかのように。

その速さと威力は凄まじいものがあり、俺にもちょっと衝撃があったほどだ。

リービーはぴくりとも動かず、すっかり薄くなってしまっていたが……まあ分身だし大丈夫なのではないだろうか？

そして、片手でそんなことをしながらもアモンはルナへと笑顔を向ける。

その笑顔は正直言って恐ろしいものだった。

「ルナよ。世の中には、聞かないことがいい、ということもあるんじゃや。そして、今まさにその話は聞かないことが良いことなんじゃ。わかるかの？」

笑顔による威圧に、ルナはぶるりと震えてからこくこくと頷いた。

……やはり、アモンに年齢を聞くのはタブーか。

俺も聞いていれば、リービーのように絞められていたかもしれない。

危険というものは興味を惹かれることが多いが、それだけ自分への被害の可能性もある

からな。

やはり、無茶はしないに限る。

一人そんなことを考えながら、村の外を迷宮目指して歩いていく。

途中、魔物に襲われる可能性を懸念していたが、無事迷宮が遠目に見えるところまで行くことができた。

あれが、リービーの作った迷宮で間違いないのだろうか？

問いかけるために肩で潰れていたリービーを見ると、ちょうど体を起こしていた。

何度か深呼吸をしたリービーが迷宮を指さした。

「ふう……死にかけたわね。迷宮はあれよ。見えてきたでしょう？」

リービーの示したほうには、小山のような入り口がある。

まだ遠くに見える程度で、小さかったそれに近づいていく。

周囲には魔物も徘徊(はいかい)している。迷宮から出てきた魔物だろうか？　こちらに気づいたリザードマンたちが突っ込んでくる。

「来るぞ、みんな準備してくれ」

「待てルード。別にこの程度の相手なら、オレ一人で十分だ」

全員で迎え撃とうとしたとき、マリウスが声を上げ、突っ込んでいった。

おいおい。

どうやら村到着前の戦闘だけでは物足りなかったようだ。

「一人でやってくれるのなら楽でいいのぉ」

「そうね。あたしたちは軽く準備体操でもしてよっか」

「そうですね」

ニンがルナに声をかけ、二人は遠目に様子を見ながら軽く伸びをしている。

女性陣はのんびりとしていたが、グラトは不服なのか頬を膨らませている。

「むぅ……僕も戦いたかったのに」

「まあ、中に入ってからは戦闘も増えるだろうし、その時はグラトにも協力してもらうからな」

暴れているマリウスの背中をじっと眺めているグラトをなだめながら、俺たちもマリウスの戦闘を眺める。

相変わらずの力強い戦闘だ。リザードマンたちを圧倒し、瞬く間に殲滅してみせた。

すべてを仕留め終えたマリウスが、楽しそうな笑みを携えながら、戻ってくる。

その様子を眺めながら、俺は死体となったリザードマンたちが霧のように消えていくのを観察していた。

やはり、迷宮の魔物みたいだな。

「リービーよ。この迷宮の魔物はあまり強くないな」

「リザードマンは一応迷宮の雑魚モンスターのような感じね。あとはゴブリンも出てくるけど、その二種類はどちらも最弱候補だわ」

「つまり、中での戦闘では強敵と戦えると期待してもいいのだな？」

「私が作ったときの状況ではね。村に襲ってきた魔物よりは強いのもいるわ」

俺たちはそんな会話をしながら迷宮の前まで歩いていく。

安全に迷宮近くまで来られたところで、俺はリービーを改めて見る。

「リービー。中に入る前にわかる範囲でいいんだが、迷宮の構造を教えてもらってもいいか？」

「私が作ったときは、階層とかは分けないで縦長の迷宮を作ったのよ。一階層だけだけど、奥に行けば行くほど魔物が強くなるように……って感じで。今はどうなっちゃってるのかしらね？」

「……なるほどな」

迷宮の中には、そういう構造のものもあるのは知っている。

長さにもよるが、階層が分かれているものよりも攻略がしやすいという場合もあるようで、迷宮に関しての好みは冒険者によって様々だ。

俺としては、どこから次のランクの魔物が出てくるかがわかりにくいため、そんなに好きじゃないんだよな。

「それじゃあ、少し休憩してから行くとしようか」

ここまで移動の連続だったからな。

少しだけ休憩をとってから、俺たちは迷宮内へと入っていった。

迷宮へと降りると、中は想像よりも明るい。

内部は鉱山のような見た目をしており、壁には魔石のようなものが埋まっている。迷宮の壁に同化しており、取り出すことはできそうにないが、それらが明かりとなっているため中は明るいのだろう。

それに通路は非常に大きい。俺たちが横一列で戦闘を繰り広げたとしても、余裕があるほどだ。

ニンたちが明かりの準備をしてくれていたのだが、その必要はなさそうだな。

先頭に俺が向かうと、そのすぐ後ろくらいにマリウスが立つ。ちらと視線を向け、俺はグラトとルナに声をかける。

「グラトとルナは、背後に魔物が出現する可能性があるから、一番後ろの警戒を頼んでもいいか？」

「うん、任せてよ」

「私も大丈夫です」

二人が視線で軽く挨拶をしてから、一番後ろに並ぶ。

……まあ、ニンもアモンも動けるし、二人とも索敵能力は高いので背後からの奇襲を警戒する必要はないと言えばないのだが、念のためだ。

俺たちが迷宮の奥へ進むように歩いていくと、迷宮の壁から魔物が生み出された。

リザードマンとゴブリンだ。先ほど外で戦った個体とほぼ同じに見える

俺たちを囲むように出現していて、結果的に背後にグラトたちを回したのは正解だったな。

俺が大盾を構えたところで、グラトが声を上げた。

「背後は僕たちで対処するから前に集中していいよ」

「……そうか。任せた」

まだグラトの戦闘を見ていなかったので少し心配ではあったが、ルナもいるし大丈夫だろう。

俺は前方に現れたゴブリンたちに『挑発』を発動し、注意を集める。

大盾で攻撃を受け止め、反撃できるゴブリンに攻撃を返しながらちらちらと背後を気にする。

見れば、杖を構えたグラトがリザードマンと打ち合っていた。正面からの斬り結びの最中、別の魔物から魔法が飛んでくる。

ルナがカバーしようとしたが、それをグラトは片手で制しながら右手を魔法へと向け

る。

その魔法はグラトの体を傷つけることなく、グラトに吸収された。

……グラトの魔法吸収能力は相変わらずだな。それに、マリウスが言っていたようにヴァサゴの力を吸収したからか、近接戦闘も問題なさそうだ。

吸収した魔法を斬り結んでいたリザードマンにぶつけ、仕留めたところで遠くにいたゴブリンへと近づいていく。

「ギィィ！」

そちらばかり気にしていたからか、怒りをぶつけるかのようにゴブリンが飛びかかってくる。

大盾で受け止め、マリウスのほうに蹴り返すとマリウスは即座にそれを両断した。

「ルード、いいパスだ」

笑顔とともにマリウスはさらに別のリザードマンを斬り飛ばす。

敵の後方にいたリザードマンが水鉄砲を放ってきて、俺は即座にマリウスを守るように移動して大盾を構える。

大盾に僅(わず)かな衝撃が生まれた次の瞬間、リザードマンたちの頭が魔法で飛んだ。

ニンとアモンだ。

……まあ、後方の連中は彼女らを上回れるくらいの力がなければ意味がないだろう。

俺たちの戦闘を俺の肩から観察していたリービーが、感嘆の息をつくような調子で口を開いた。

「……あなたたち、凄いわね。連係はもちろんだけれど、個人の能力がずば抜けていないかしら？」

「まあ、これでも鍛えているからな」

「こう言ってはあれだけど、村の教会騎士たちとは別格の強さね」

「そもそも、教会騎士とは役割も違うからな」

彼らはどちらかといえば魔物との戦闘よりも、対人戦を想定して訓練を積むことが多い。

それは、聖女が接するのが人間のほうが多いからだ。世の中には、聖女に大小様々な悪戯をする人がいるからな……。

容姿の整った人が多く、そういった興味を引き付けることが多いからだそうだ。

ニンもよく文句を垂れていたものだ。

戦闘を終えた俺たちは、特に何事もなく前へと進んでいく。

そのような戦いが何度か続いたところで、肩に乗っていたリービーがぽつりと呟いた。

「ミーティも鍛えたらニンくらいにはなれるかしらね？」

……どうだろうか。

ニンの場合、冒険者としての戦闘能力を求めて鍛えていた部分もあるからな……。

「本人のやる気次第、とは思うな」

魔物との戦闘で肉体は強化されていく。

だから、魔物と戦いを繰り返していけばいい。ニンくらいの力をつけられる可能性は十分ある。

「それならいいのだけど。ミーティも強くなりたいと言っていたから、迷宮の問題が片付いたら鍛えてあげないとね」

嬉しそうに語るリービー。

本人がやる気満々なら大丈夫だと思うが、それにしても、

「リービーは、ミーティのことが本当に好きなんだな」

「ええ、大好きよ」

屈託のない笑みとともに、断言する。

……ここまで魔族が人間に肩入れするというのは、珍しいことなのではないかと思う。

例えば、アモンも俺たちに友好的ではあるが、一応彼女なりの報酬が目当てなことが多い。特に、アモンは美味しいものが好きで、それを得られるような環境であれば協力しがちだ。

リービーのミーティへの想いは一方的な部分もあり、少し気になった。

「リービーは……ミーティと何かあったのか？」

「ふふ、私がミーティにここまで関わるのが疑問、って感じかしら？」

「そうだな。色々と種族的な違いもあるし、気になる部分だったからな」

俺の言葉に、リービーは少し考えるように足を組み替える。

それから、ふっと笑みをこぼした。

「ちょっと、救われたのよ」

「救われた？」

「ええ。私はとある理由から人間界に来ていたのよ。目的としては、あまり前向きな理由ではなかったけれどね」

「そう、なんだな」

……人間に危害を加えるとか、そういった理由なのかもしれない。

彼女の表情から、なんとなく察した俺はそれ以上の質問は行わなかった。

「ただ、私は人間界のことはよくわからなくてね。端的に言えば死にかけたわ」

「人間に狙われた、とか？」

「空腹よ」

心配して損したよ。

俺がじろっとした視線を向けると、しかしリービーはあっけらかんとその先を話す。

「そのときに、ミーティに助けてもらったわ。彼女は不審極まりない私に対しても平等に接してくれたわ。……その恩があるからこそ、私は彼女を助けたいと思うわ」

……理由としては本当にちょっとしたことなのかもしれない。

ただ、当時のリービーからすれば、きっと俺が感じた気持ち以上のものがあったに違いない。

「そうか」

「本人は忘れていたみたいだけどね。だから、私としても、彼女に恩返しをしたい部分があるの」

「それなら……もっとちゃんと迷宮運営をしてくれよな」

「もう、それは言わないでちょうだい」

リービーが俺たちに敵意を持っていないことがわかるような笑顔を浮かべた。

その話を近くにいたニンも聞いていたようで、こちらに視線を向けてくる。

「ミーティって本当に誰にも優しいのよね。ほんと、聖女としての適性は凄いと思うわ」

「そうね。少し不安にもなるわ。疑うということを知らないのだもの」

「……まあ、ミーティってもともと平民で、立場的に弱かったのもあって……分け隔てなく接することができるのよね」

ニンの言葉に、意外そうにリービーが首を傾げた。

「そうなの？　てっきりどこかのお嬢様なのだと思っていたわ」

「え？　どこからそんな感想が出るのよ？」

「ほら、なんだか口調がお嬢様っぽかったじゃない」

俺もリービーに同意見ではあった。

ニンは公爵家の人間であり、てっきりミーティもそうなのかと思っていた。

リービーの言葉に、ニンは苦笑いを浮かべる。

「ああ、あれね。あの口調はただの憧れから真似しているだけよ。たまに口調がおかしいときあるでしょ？」

「あるわね」

「もともとそんな裕福な立場での生まれじゃないのよ。そのときから一緒に生きてきた子たちが、ラナとレナなのよね」

そうだったんだな。

……俺も似たような環境だったため、ミーティの生活は想像しやすかった。

三人の話を聞いていると、ニンが彼女たちに優しく接している理由がわかってきた。

ミーティについての話をしていたところで、リービーは不思議そうに口を開いた。

「人間って、不思議だわ」

「どういうことだ？」

「私が話に聞いていた人間は、知能がなくこちらを敵視する人たちという感じだったわ。でも歴史的に見ても人間は魔族たちを一方的に魔界へと封印した、といわれているのよ。……あなたたちはまったく魔族について差別をしていないでしょう？　ミーティも同じだわ」

……その歴史は、俺も詳しくはない。

ただ、俺はもともとまったく学がないので、そういった教育を受けたことがあるかもしれないニンを見る。

「あたしが聞いた話では、人間たちに害をなす魔族を人間が何とか魔界に封印したって話よ？」

「……それはまた全然意味合いが違ってくるわね」

「そうね。それで、当時、その戦いの最前線にいた男が『勇者』と呼ばれるようになったわ。……それから、スキルとして『勇者』に関するものも発見され、魔族がいなくなってから出現するようになった迷宮を攻略する人たちの中でも、特に優秀な人に『勇者』の称号が与えられるようになった、っていうのがあたしの知っている知識だわ」

「やっぱり、私が聞いた歴史とは真逆ね……。実際魔界の人たちは皆人間にすべてを奪われたと思っているわよ？」

そんな話をしていると、アモンがとてとてと近づいてくる。

「人間も魔族もどちらも、自分にとって都合のいい歴史を作ったってことなんじゃろうな」

「アモンは、何か知っているのかしら？」

「まあ、知っていることはあるんじゃが……まあ、おぬしたちが感じるものがすべてではないかの？　人間と魔族が仲良くしていることはまったく見たことがないのぉ。……そのうち、歴史が忘れ去られたとき、お互いに平和に歩んでいければいいとわしは思うくらいじゃな」

「……そうだな」

アモンが俺たちを見てから、歩みを速めていく。

アモンって、どのくらいの歴史を見てきたんだろう？　不意に浮かんだその疑問は、考えないようにした。

魔族も人間も、良い奴（やつ）は良いし、悪い奴は悪い。

……俺としては、俺なりの善悪を基準に考えて接していけばいいか。

難しく考えすぎても、頭が混乱するだけだしな。

しばらく歩いていくと、大広間が見えてきた。

「私の当初の迷宮だとこの辺りくらいまでしか作っていなかったのだけど」

リービーの視線が大広間内へと向けられる。

しかし、この場にリービーのコピーの姿はない。

そして……大広間の奥へと繋(つな)がる道が一本ある。そちらをじっと見ていたグラトが、口を開いた。

「なんだか、とても嫌な魔力を感じるんだけど、あっちに魔王様いない？」

「……たぶん、そうじゃろうな。まだ少し遠くに感じるが、リービーが作った時よりも奥深くまで作られているのは確かじゃな」

「もう、私のコピーは優秀ね」

冗談めかした口調のリービーに俺は苦笑する。

ルナに近づき、俺は彼女に聞いてみる。

「ルナ、迷宮の奥はまだ続いていそうか？」

「そうですね。まだ半分くらいの位置、みたいです」

「そうか……となると、まだまだ大変そうだな」

「マスターもお疲れでしたらたまには下がっても大丈夫ですからね。私が、代わりに前に出ますから」

「大丈夫だ。ありがとな」

ルナにお礼を伝えながら、俺は大広間の奥へと繋がる道へと視線を向ける。

今いる場所でようやく半分か。

ここまであまり戦闘がなかったため、疲労は少ないが、それでもまだまだ半分と聞くと気だるさのようなものを感じてしまう。

「まだしばらく続きそうだし、一度休憩にしよう」

俺の言葉に、反対意見はなかった。

イージス村のことを考えれば早く攻略するべきなのだが、急いで怪我をしたら大変だからな。

大広間に座って休憩をとっていたのだが、周囲を見回るように飛んでいたリービーが慌てた様子でこちらへ向かってきた。

これまでは落ち着き払っていた彼女の表情が、険しい。

俺の前まで来たところで、彼女は落ち着くように深呼吸をしてからゆっくりと語りだした。

「ルード、大変だわ」

彼女の様子に気付いたニンたちも、近くへやってくる。

「どうしたんだ？」

「……イージス村へ大量の魔物が迫ってきているようなの」

「……なんだと？」

リービーが告げた内容は、予想外のものだった。

俺たちがこの迷宮へ来るときは魔物の姿は少なかったので、大量の魔物という事実に違和感があった。

迷宮から魔物が溢れ出る場合というのは、基本的に入り口からだ。

……ここまであまり魔物と遭遇しなかったため、魔物自体が数を減らしているのではないかと思っていたが、どうやら違うようだ。

突然のことに驚いていると、アモンが口を開いた。

「恐らくじゃが、リービーコピーがわしらを分散させるために村へと襲撃をかけたのではないかえ？」

「どういうことでしょうか？」

アモンの言葉に、ルナが小首を傾げる。

俺も少し疑問に思ったが、すぐに一つの考えに行きついた。

「もしかして、リービーコピーが俺たちを脅威と感じて、戦力を分散させようとした、とかか？」

俺の問いかけに、リービーはこくりと頷く。

「そうじゃ。わしらのほうから村へ戦力を向かわせないと危険なほどになれば、わしらが迷宮から去ると考えた、というわけじゃな」

「なるほど、な……リービー、村は大丈夫か？」

村の人たちだけでは魔物に対応しきれないのなら、こちらから何名か派遣したほうがいいだろう。

……最悪、一度村に全員で帰還して様子を見る必要もあるかもしれない。

すべては村の状況次第だ。

そう思ってリービーに訊ねると、リービーは眉を寄せたまま答えた。

「……これまで以上の規模だから、どうなるかわからないけれど……今の村の人たちだけでは厳しいかもしれないわ」

リービーは断定まではしなかったが、戦力は恐らく足りていないだろう。

……戦力を分散したほうがいいかもしれない。

……それとも、今回は一度帰還するか？

ただ、それだと迷宮攻略をするたびに、今回のような動きを取られる可能性もある。

アバンシアか、他のギルドからの冒険者の支援を待つべきか？

現実的な作戦としては、そのほうがいいだろう。

「リービー、戦力にはミーティたちって入っているの？」

今後の動きについて考えていると、ニンがリービーに問いかけた。

「それは計算に入れていないわ。ミーティはそこまで戦闘能力はないでしょう？　ラナとレナだって、可愛い以外の力は……ないわ」

いや、さすがにそれなりには戦えるだろう。

「大丈夫よ。確かに攻撃面では劣るけど、ミーティの結界魔法はかなりのものよ」

「……その評価はさすがに買いかぶりすぎだと思うけど……ちょうど、ミーティも来たから通話できるようにするわ」

リービーがそう言った次の瞬間、ミーティの声が響いた。

『に、ニン様ぁぁぁ！　ルード様ぁぁぁ！　村が危険ですわぁぁぁ！』

……涙を流しているのが、声だけにもかかわらずわかってしまった。

遅れて、ラナとレナの声も響いた。

『お助けくださいぃぃぃぃ！』

『死んじゃいますぅぅぅ！』

助けを求める情けない声が三つ響くと、先ほど堂々と宣言したニンが頬を引きつらせた。

リービーが困ったように口を開く。

「……ミーティたちはこんな感じよ？」

どうするの？　とばかりの様子のリービーに、ニンがため息を吐いた後、声を張り上げる。

「こら、ミーティ！　情けないこと言うんじゃないわよ！　あんただって聖女なんでしよ⁉」

『で、でもわたくし、まだまだ力がありませんわ……っ。聖女としての義務を果たせるとは思いませんのぉ……！』

『そうですよ！　ミーティ様では不安です！』

『誰でもいいので戻ってきてください！』

ラナとレナの言葉を浴び、ミーティの涙の質が変わった気がするが気のせいだろう。

「大丈夫よ。あんたは、自分が思っているよりもずっと力はあるわ」

『……そ、そうでしょうか？』

若干照れたような声になっているミーティは、大物かもしれない。

ニンは返事をするように頷（うなず）いてから、言葉を続ける。

「今後、聖女として活動していくなら三日三晩、村を結界で守らなければならないことだってあるのよ。今回くらいで嘆（なげ）くんじゃないわよ」

『……で、でも』

そこで、俺はゴブリンの巣での出来事を思い出す。

……確かに、ミーティの結界魔法の維持能力はかなりのものだったよな？

ここから俺たちが迷宮攻略を終えるまで、長くても三時間程度のはずだ。

以前のゴブリンの巣でのミーティの様子から考えれば、何とかなるかもしれない。

もちろん、以前とは規模も違うが……それでもニンがここまで言っているのだから、信じたい気持ちはある。

ニンがさらに声を荒らげようとしたのがわかったので、俺が代わりに口を開いた。

「ミーティ。ニンの性格は知っているだろ？　……ミーティにできると思っていなければ、さっきみたいな言葉は出てこないはずだ」

『……そ、それは……確かにニン様は無理だと思えば無理だとはっきり言ってきますし、それに泣かされたことはたびたびありますが……』

そこまで言ったことあるのかニン？

俺がちらと彼女を見るが、ニンは気にした様子もなく答えた。

「あんたは……もっと自信を持ちなさい。別に三日三晩耐えろってわけじゃないわ。あと数時間耐えれば、こっちの攻略も終わるから。その時間だけでも守り切りなさい」

「ああ。こっちもすぐに攻略する。だから、あと少しだけ耐えてくれないか？」

できるかぎり優しく、彼女らを勇気づけるように。

俺たちの言葉を受けたミーティは、一度口を閉ざしてからすっと深呼吸をした。

『……ルード様、ニン様。わかりましたわ。皆さま、よろしくお願いいたしますわ』

『ミーティ様、頑張ってください！』

『私たち、応援していますから！』

『あなたたちも来ますのよ！　ほら、外に行きますわよ！　急いで結界の準備をしますわよ！　ラナとレナは外で魔物を倒しますのよ！』

ラナとレナたちがずるずると引きずられていくのがわかった。

……とりあえず、落ち着きは取り戻してくれたようだ。

それに、魔法については気持ちの問題も関わってくるものだ。

気持ちが乗れば乗るほど、威力が増すというのは聞いたことがある。

俺の肩に乗っていたリービーがぽつりと呟いた。

「スパルタねぇ……」

リービーは少し心配しているようだったが、ニンはそれに対して勝気な笑みを浮かべる。

「さっきルードも言ったけど、できると思ってなかったら言ってないわよ。ミーティはやればできる子よ。それに、あんただっているでしょ？」

「私？」

「ええ、そうよ。ミーティが大変そうなときはちゃんと助けなさいよ。もともとはあんたが引き起こしたんだからね？」

そのニンの指摘に、リービーは驚いたような表情を浮かべた後、笑った。

「……ええ、わかっているわ。ただ、結界の展開までの防衛も必要だし……私も、分身を消して村の防衛に専念させてもらうわ」

そう言いながらこちらを見てくるリービーに、俺は頷いた。

「ああ、村は任せたぞ」

「……あなたも、魔王に任せるのね」

先程、リービーが驚いていたのはそういうことだったのか。

俺は彼女に強く頷いて返す。

「信頼できる相手だとは思ってるからな」

「……わかったわ。村は守り切るわ。だから、迷宮攻略はお願いするわね」

ちらとリービーは大広間から奥へと繋がる道を見る。

分身を作るのにどのくらいの力を要するかわからないが、少しでもリービーの力が増すのなら専念してもらったほうがいいだろう。

「ああ、わかった。こっちもすぐに攻略するから何とか踏ん張ってくれ」

「ええ、それじゃあよろしく頼むわね」

その言葉を残して、リービーは消えていった。

それにしても、リービーコピーも考えたものだ。

ただ、裏を返せば俺たちとこのまま戦えば危険に晒されると証明したことにもなる。

俺はちらとニンを見る。

「こうなったら、のんびりしてられないわね。さっさと行きましょ」

腕をぐるぐると回し、やる気満々に大広間の奥へと繋がる道へ歩いていく。

「皆、休憩してすぐになるが出発だ」

声をかけると、すぐに皆も頷いて立ち上がる。

俺たちは、攻略を再開した。

第三十話　リービーコピー

俺たちは駆け足気味に、先へと進んでいく。

……魔物の数は、かなり少ない。

村へ魔物が迫っていると報告を受けてから、戦った回数は三回だけだ。

もしかしたら、村に戦力を割いたことで迷宮に魔物を出現させられていないのかもしれない。

だとすれば、好都合だ。

奥に進めば進むほど、魔力が濃くなっていく。

何度か体験したことがあるから、この魔力の正体はわかる。

魔王の魔力だ。

リービーコピーだというのに、肌を焼くような強い魔力が伝わってくる。

……リービーに近づいている。

一歩、また一歩と確実に進んでいくと、俺たちは大広間へと出た。

そこは、先程リービーと別れた大広間と似たような作りになっている。

その中央に――いた。

「リービー、じゃな」

武器を持ち悠然と構えていたのは、間違いなくリービーだ。

……ただ、村で見たリービーとは雰囲気がまるで違う。

こちらをじっと観察してくる表情には、感情がない。

右手には鋭く光る剣を握っている。

リービーと同じく美しいのだが、より作り物めいた見た目をしている。

じっとこちらを観察してきたリービーからは、魔物と同じ雰囲気が感じられ――。

視線が俺たちとぶつかった次の瞬間、リービーは翼を大きく広げ、こちらへと飛んできた。

「皆、来るぞ！」

それだけを叫び俺は、大盾を構えて『挑発』を放つ。

リービーの視線は俺へと向けられた。

『挑発』は問題なく効いているようだ。

一瞬で俺までの距離を詰めてきたリービーは、剣を頭上に持ち上げる。

「……！」

僅(わず)かに気合いを込めるように息が吐き出された。

同時に剣が振りぬかれ、俺はその一撃を大盾で受け止める。

激しい音とともに、俺の大盾へ重い衝撃がのしかかる。

……さすがに、魔王のコピーなだけはある。

腹の底にまで響くほどの衝撃が、大盾から伝わってくる。

想定以上の威力に体が僅(わず)かに揺らぐ。

だが、俺との交戦が長く続くわけではない。

魔法だ。リービーが俺にさらなる追撃をしてこようとした瞬間、それを阻むように魔法が飛んだ。

……リービーが戦っているのは、俺だけではないからな。

ニンかルナかアモンか。

誰が使用したのかを見るほどの余裕はない。

俺は戦闘に集中するように、前へと出る。

指示出しは、ニンに任せれば大丈夫だ。

彼女に視線を向けると、俺の意図を理解してくれたようで頷(うなず)いている。

「ルードはそのまま引き付けて。マリウスとグラトは隙(すき)を見て攻撃、あたしたち三人で魔法の援護をするわよ」

ニンの言葉がよく響いている。

ニンに任せ、俺は戦闘に集中させてもらう。

じっくりと、リービーを観察する。

先程の動きから見ても、リービーはかなりの強敵だ。

深呼吸のあと、『挑発』を発動しながらリービーへと距離をつめる。

リービーもすかさず剣を振りぬいてくるが、それを剣で受け止めながら、大盾で殴りつける。

しかし、リービーの反応は早い。

リービーは、すぐに後ろに飛んで俺の一撃をかわす。

追撃しようとそのまま大盾とともに突進すると尻尾の先に魔力が纏われたのが見えた。

何をする？　相手の行動から攻撃を予想していたのが、俺の予想は大きく外れる。

尻尾が槍のように伸びてきたのだ。大盾で受け止めようとしたが、尻尾は鞭のようなしなりとともに俺の大盾をかわして側面から伸びてきた。

これはまずい。

横に跳ぶようにしてかわすが、攻撃が掠める。

速い。すぐにニンの魔法が俺の外皮を回復してくれているのを目を閉じて確認する。

ただ、ゆっくり確認している暇はない。

リービーが突っ込んできて、俺は視線を戻して大盾を構える。

リービーは足ではなく翼を使って移動している。

そのためか、二本足で移動する人間よりも自由が利くようだ。

……見た目はほとんど人間なのに、動きが変則的だ。

さらに、先程のような尻尾の攻撃も加わるのだから、やりづらい。

そのやりづらさを活かすかのように、リービーが攻撃を仕掛けてくる。

大盾の上を越えるように飛んできたリービーがそこから、尻尾を振り下ろしてきた。

先が分かれ、まるで槍の雨のように迫ってくるが、俺もすぐに大盾をそちらへと向けて受け止める。

足が地面に埋まりそうなほどの衝撃のあと、俺の真横にリービーが現れた。

……尻尾の攻撃はまだ上から降り注いでいる。

随分と自由に伸びる尻尾だ。

リービーは一体しかいないのに、まるで二人を相手どっているかのようだ。

剣が振りぬかれたが、それを俺は剣で受け止める。ただ、大盾を構えたままであり、体勢は最悪だ。

まるで力が入らず、弾かれそうになったところで、俺は全身を魔力で強化していく。

押し込まれていた俺は、魔力による強化によってリービーの体を押し返していく。

力技での無理やりな防御だ。

あまり褒められる受け方ではないだろう。

もしもタンクの戦い方を指導する人が見れば、叱(しか)りつけられるような防衛だ。

だが、俺にだけ許されるこの力技は、間違いなくリービーの予想を超えていた。

拮抗(きっこう)していた力は、気づけば俺が上回り……リービーからの尻尾による攻撃もなくなり、俺は無理やりにリービーを剣で弾(はじ)き飛ばした。

……いや、正確に言えば、弾き飛ばされる前に、自ら後方へと飛んだというほうが正しいか。

すぐに体勢を立て直し、弾き上げた俺の体を側面から狙ってくるが――リービーは大きな勘違いをしている。

俺が積極的に動いてリービーと戦っているのはすべて演技だ。

大袈裟(おおげさ)な動きや、挑発するように力で対抗しているのは、俺がタンクであるからだ。

真っすぐ俺へと突っ込んできたリービーは、次の瞬間異変に気付いたようだ。

だが、遅い。

俺に、集中しすぎだ。

完全にリービーは俺しか見えていない状態だった。

だから、彼女の背後から迫ってきたマリウスとグラトの一閃(いっせん)は、容易にリービーの背中を捉えた。

リービーは寸前に気づいてはいたが、二人の速度の前では、そのタイミングでは遅すぎた。

「……っ」

リービーから短い悲鳴のようなものが漏れた。それは、コピーだからか、まるで魔物のような鳴き声だった。

リービーは血の流れる翼を羽ばたかせて後退したが、その先へアモンとルナの魔法が降り注ぐ。

地面へと撃ち落とされたリービーだったが、すぐに立ち上がった。

傷は、あまり深くないように見える。

マリウスたちも加減はしていないだろうし、かなり頑丈なんだろう。

……仕留めきるつもりだったんだが、面倒だな。

魔王たちは変身によって大きく力を向上させるから、さっさと決めたかった。

さて、これでリービーからの警戒もより増すことになるだろう。

先ほどよりはこちら全体を警戒してくるはずで、さっきのような連係は防がれるかもしれないな。

リービーの視線が鋭くなり、再び翼を広げて僅(わず)かに宙に浮かぶ。

彼女の視線は俺だけではなく周囲にまで注がれている。

『挑発』が切れかかっていることを確認した俺は、再び『挑発』を使用しながら、その様子を観察する。

……迷宮の天井付近で飛行しているため、こちらからの攻撃は届かない。

魔法をぶつけるか、魔法で足場を用意してもらわないと近づくのは難しいか。

そう思っていると、マリウスが刀を鞘へとしまう。

それに合わせるようにグラトが俺のほうに近づいてきて、視線を向けてくる。

「ルード。仕掛けるから手伝ってほしいんだけど」

リービーの体から膨れ上がる魔力がさらに大きくなっていく。

何かの魔法が飛んでくるのは明白だったが、グラトはそちらを注視したまま、俺にそう言ってきた。

「どうすればいいんだ？」

「僕を放り投げてくれないかな？」

「……了解」

力技がすぎる気がするが、グラトはすでに準備完了だ。

俺のほうに向かってグラトが駆け出してくる。俺はそちらに大盾を構える。

グラトが乗りやすいよう、僅かに角度をつけると、彼はすっとこちらへと飛び乗ってくる。

僅かに感じた重量を、弾き上げるように大盾を振りぬいた。

身体強化も合わせたため、グラトは真っすぐにリービーへと跳んでいく。

リービーはグラトをじっと観察していたが、それを妨害するようにマリウスが動く。

マリウスが刀を居合の要領で振りぬくと、そこから斬撃が生まれリービーへと迫る。

リービーは飛行して斬撃をかわし、そのままグラトもかわそうとした。

しかし、グラトの体が空中で向きを変える。見ると、アモンが風を操っているようだ。

グラトがリービーへ最接近する。グラトが剣を振ると、リービーは攻撃をぎりぎりでかわした。

「……」

しかし、完全にかわしきったわけではないようで、腕から鮮血が宙を舞う。

こらえきれなくなったのだろう。

リービーは溜めていた魔力を放出する。

黒い槍のようなものが、リービーから生み出されると、それは真っすぐにグラトへと向かう。

……だが、グラトはそれに合わせて片手を前に突き出した。

魔法はグラトの体へと吸い込まれた。そして、次の瞬間には、グラトがリービーへと魔法を放った。

先程吸収した魔法とまったく同じ、黒い槍だ。

「お返しするよ」

微笑とともに放たれた黒い槍が、リービーの右翼を貫いた。

……寸前で体勢を変えてかわしたのは見事だったが、それでも避けきれなかったようだ。

落ちてきたリービーだったが、それを狙い撃つようにマリウスの斬撃とアモンたちの魔法が飛んでいく。

すべて命中すれば、仕留められていただろう。

しかし、リービーの雰囲気ががらりと変わる。

周囲に放たれた魔力の衝撃波が、結界のような役割を果たし、こちらの攻撃を弾いた。

「……変身してくるのぉ」

ぼそりとアモンが言葉を漏らしたのに合わせ、リービーがすべての魔法を弾くように魔力を放出し、その肉体を変化させていく。

……嫌な魔力の膨れ方だったので、俺も変身は予想していた。

変身している間のリービーからは、魔力が吹き荒れている。

まるで、魔力による嵐だ。

とても近づくことはできず、下手に近づけばその魔力の嵐によって外皮を傷つけられるだろう。

……だから、俺たちは変身が終わったあとに仕留められるよう、準備を整えて待つ。

変身はすぐに終わり、それまで人型をしていたリービーは巨大なハリネズミのような姿へと変わった。

ただ、背中には先程までのリービーを表すような翼や尻尾が見える。魔物そのものの姿へと変わったリービーに、アモンがぽつりと漏らした。

「ここからが本番じゃな」

どこか、楽しそうな声音だ。もしかしたら、アモンはこの戦闘を楽しんでいるのかもしれない。

……まあ、好戦的なマリウスも似たような笑みをこぼしているから、ほぼ俺の予想は正解だろう。

まったく、こいつらは。

村が危険ですぐに討伐する必要があるので不安はもちろんあるが、同時に頼もしさも感じる。

「……アモンも変身して対抗してくれてもいいんだぞ？」

「好き勝手に暴れても良いというのならいいが、敵味方関係なくなってしまうぞよ？」

「……さすがに、それは面倒だな」

「それに、変身はかなり疲労するんじゃ。できるのならわしは使いたくないのぉ。しばらくは筋肉痛で美味しいものを食べるのだって大変なんじゃからな」

後半の理由に関しては同僚が迷惑かけているんだから我慢しろと言いたいが、好き勝手に暴れられたら困る。

アモンが変身して戦えれば、随分とラクなんだけどな。

とはいえ、できないことに期待している時間はない。

俺は一つ呼吸をしてから、前に出るとニンの声が響いた。

「基本はさっきまでと同じように戦っていくわ。頼むわよ、ルード」

「ああ、任せろ」

俺はニンの言葉に合わせ、大盾を構える。

次の瞬間、リービーは体を丸めて、大きく転がってきた。その体に生えていた針は地面に穴をあけながら迫ってくる。

……器用に回転するものだな。

いや、むしろあの針のおかげがあってより力強く加速できているのだろうか？

そんなことを考えながら大盾を構えて、全身に力を込めて、突進する。

激しい音が響き渡り、俺の腕に鋭い衝撃が抜ける。

……まるで、城にでも突進されたような気分だ。

「……っ！」

さすがに、正面から受けきるのは無謀だ。

今の一撃によって、体に大きな負荷がかかり外皮が傷つけられたのがわかった。

即座に攻撃の向きを変えるように大盾を振るおうとしたが、その場でリービーは回転した。

……針が大盾を削るように攻撃してくるが、俺の大盾はかなりの上物だ。

この程度で、やられることはない。

攻撃をどうにか逸らした次の瞬間、マリウスが切りかかる。

ただ、リービーの反応速度は先ほどよりも早い。すぐにマリウスに反応し、その場で再び回転した。

独楽のように回転したリービーは、針を周囲へと放った。

「くっ⁉」

予想外の攻撃にマリウスは笑みをこぼしながら刀を振り回し、針を捌く。

近くにいた俺も巻き添えを食う形でその針の雨を喰らう。大盾で受け止めたが、針はいくつか追尾するように迫り、すべてをかわしきれずに攻撃を受ける。

「うぐ……っ⁉　る、ルード！　体が、痺れた！」

おい。

マリウスが楽しそうに笑いながら、助けを求めてくる。

どうやら、先ほどの針には毒のようなものが仕込まれていたようで、マリウスが麻痺状態にさせられてしまったようだ。

俺はスキル『健康体』のおかげもあり、状態異常は効かない。

そんなマリウスを狙うように、リービーは再び動き出す。

まずい。

このままだとマリウスが押しつぶされる。

そう思った次の瞬間、アモンの魔法がリービーの体を横から殴りつけた。

「マリウス、貸し一つじゃな」

「……むぅ」

アモンが放った風魔法のおかげで、リービーの攻撃は中断した。リービーの注目がアモンへと集まるが、俺は『挑発』で引き戻す。

すでにマリウスの麻痺はニンが治療したようで、マリウスは不服そうな顔でアモンを見ながら刀を構えている。

「マリウス、油断するんじゃないわよっ。ここからは、状態異常無効のルードを盾に戦っていくわよ。ルード、任せるわよ！」

「了解」

この中で安全に戦えるのは、俺くらいだろう。

……といっても、さっきの攻撃を受け続けるのは中々に苦労しそうだがな。

難しいことを考えるのはやめ、俺はリービーと向かい合う。

『挑発』を発動すると、俺への注目が集まったが、それでもまだ周囲を見る余裕があるように見える。

……まだ、マリウスやグラトの攻撃、ニンたちの魔法を警戒するだけの余裕があるか。

もっと注目を俺に集めないといけない。

多少、俺が攻撃をして注意を集めていくしかないだろう。

俺の気持ちを後押しするように、体を柔らかな光が包んだ。

体が軽い。誰かが支援魔法を使ってくれたのだろう。

俺は地面を蹴りつけ、リービーへと突進する。

リービーの突進攻撃は脅威なので、その突進を封じるためだ。

剣が届くほどの距離まで詰めると、リービーはその場で回転する。

周囲を薙(な)ぎ払うような尻尾の一閃(いっせん)が襲い掛かってきたが、俺はそれをバックステップでかわす。

動きが止まった瞬間に剣を振りぬくと、カウンターとばかりに針が射出された。

……近距離攻撃に対してその反撃は面倒だな。

おまけにその針は魔力か何かで再生するのか、すぐにまた同じ部位に生えてくる。

俺が近接で殴り合っている間に、ニンたちの魔法がリービーへと襲いかかる。

しかし、変身したことによってリービーの耐久力はかなり増しているようで、ちょっとやそっとの魔法では傷つく様子はない。

近接攻撃にはカウンターで針が飛ばされる。

魔法は、ある程度溜めたものでなければ通用しない、か。

ただ、魔法による援護がなくなると、さすがに俺も動きにくくなる。

足を動かし、大盾で攻撃を受け流しながら、様子を観察していく。

攻略の糸口を探していると、マリウスとグラトが攻撃を仕掛けるために近づいてきた。

ちらと見ると、マリウスがグラトを背負っていた。

……どういう状況だ？　と思っていたが、彼らも俺の戦いを観察して何かを感じてのものだろう。

俺は、彼らの行動が上手くいくように『挑発』を発動し、同時に大盾で体当たりをかます。

身体強化を合わせての強烈な突進はリービーの体を揺らした。

リービーがぐらりと傾き、俺に向けて尻尾を槍のように放ってきた。

大盾で受けたが、体が弾かれる。次いで、攻撃を仕掛けるように動こうとしたリービーの側面へ、マリウスが刀を振り下ろした。

「ギィ！」

短い悲鳴のようなものが漏れると同時に、リービーの体から反撃の針が放たれた。

マリウスは先程同様に捌く。何本か針を受けて動きが鈍ったが、すぐにその動きを取り戻した。

……麻痺を無効化したのだろうか？

誰かが麻痺を治療する魔法を使用したのか、あるいは他の手段か。

ただ、攻撃はそこで一度中断し、マリウスはグラトとともに後退する。俺は二人に向いた注目をはがすため、再度『挑発』を放ってリービーへと向かう。

リービーの攻撃を捌きながら、マリウスとグラトがニンのほうに向かい、話をしている。

「ルード。作戦が決まったわ！　あたしたちの魔法でぶっ飛ばす！」

「……了解。その時間を稼げってことだな？」

「ええ。ただ、あたしたちは魔法の準備をするからしばらく支援できないわ。マリウスとルードの二人で耐え続けなさい！　補助は、グラトに任せるわ！」

「……了解だ」

ニンの叫びに合わせ、俺のほうにマリウスとグラトがやってきた。

マリウスはにこりと微笑み、刀を構える。

「さっき、検証してみたのだがあの麻痺も、どうやら魔法による効果みたいでな。グラトの魔法吸収で治療自体はできるのさ」

それで、さっきの合体か。

「……なるほどな。つまり、マリウスが傷ついたらグラトが治療するってわけか」

「そういうこと。一応、いくつか魔法をもらってるからそれで対応もできるけどね」

それなら、三人で時間を稼ぐこともできそうか。

俺たちが軽く打ち合わせをしていると、リービーが俺たち三人を巻き込むように突進してきた。

マリウスとグラトはちらを俺を見てから、左右へと跳んでいく。

俺は二人ほど機動力はないので、仕方なく大盾を構えて、リービーの一撃を受け止めた。

凄まじい威力だったが、俺はさらに身体強化を強め、受けきる。

動きが止まったところで、リービーはその場で回転してくる。

大盾を弾こうとする動きに、さすがにその場で受け続けることはせず、後退する。同時に、尻尾が伸びてくる。

俺はその尻尾に合わせ、剣を振りぬいた。

尻尾は魔力が纏われていて、硬化している。……そういう、魔力の使い方もあるんだな。

スキル以外の戦い方に少し感心しながら、攻撃を捌いていく。

連続攻撃と突進による攻撃は凄まじいのだが、それらの攻撃が連続しないようにマリウスとグラトも攻撃してくれる。

マリウスは主に斬撃による攻撃を行い、反撃でやられる可能性を減らしている。

グラトはその補助をしながら、時々魔法で攻撃している。魔法は、恐らく誰かしらからもらっていた魔法だろう。

ただ、二人の攻撃はちょっかいをかける程度のものだ。注目が何度かそちらに向いては、俺は引き戻すために攻撃を行う。

「ルード！　魔法の準備ができたわ！　確実に当てるために、どうにか動きを止めてくれない？」

「了解だ！」

ニンたちを見ると、三人の準備が終わったようだ。

あとは、魔法が回避できない状況を作り出せれば……。

そう思ったとき、リービーの目の色が変化した。魔力が集まったと思った瞬間、リービーは再び転がり始めた。

……ただ、おかしい。

今度の転がりは、無差別だ。大広間内を駆けまわるように回り始め、尻尾を乱暴に振り回していく。

『挑発』を発動すると、確かに俺のほうにも来るのだが、ほぼ無差別で縦横無尽に駆けまわっていく。

時には壁に激突し、しかしすぐにまた向きを変えては回転を始める。

……『挑発』はあくまで理性のある相手に効くスキルだ。

今のリービーは、完全に暴走していて、下手をすれば自分がどこにいるのかもわかっていないような状況だ。

そして、リービーの突進はニンたちのほうへと向かっていく。

まずい……っ！

「ちょ、ちょっと！　こっち来るんじゃないわよ！　アモン、頼むわよ！」

「わかってるんじゃよ」

ニンが声を上げると、彼女は翼を広げ、ニンとルナを担いで飛び上がった。

天井付近まで飛んだアモンは、二人を抱えたままそこで滞在する。

ニンはちょっと顔が青ざめているが、それでもこちらを見て声を張り上げる。

「あっ、あたしたちはここから魔法を撃つチャンスを見極めるわ！　どうにか、チャンスを作ってちょうだい！」

「チャンス、といっても……」

あの暴走した動きを止めなければならない。何かいい策はないかとマリウスのほうを見てみると、あれ？　あいつらがいない。

見ると、マリウスは壁に刀を突きさし、それを掴んでいる。

リービーの攻撃が当たらないような位置にいるため、一応安全のようだ。

マリウスに抱えられるようにして、グラトもいて……そのグラトが俺に何かを知らせるように指で示していた。

見れば、グラトの指さす方向では、今まさに所かまわず回転しまくるリービーの姿があった。

このままだとひき殺される。

俺は即座に横に飛んでかわすと、先ほどまで俺がいた地面をえぐるようにしてリービーが通り過ぎていく。

速度を重視するためか、リービーはもはや敵を視認せずに回転し続けている。

目ではすでに俺たちを捉えておらず、恐らく耳や気配だけを頼りに攻撃しているのだろう。

その闇雲で無鉄砲な攻撃は、体力が尽きれば恐らく収まるだろう。

……ただ、俺たちには時間がない。

あとどれだけリービーの攻撃に付き合っていたら奴の体力が尽きるかわからない中、村の人たちのためにもいち早く攻略する必要がある。

リービーに巻き込まれないようにしながら、考える。

気づけば地上に残っているのは俺だけなんだよな。

マリウスと視線が合うと、彼はにこやかにリービーへ視線を向ける。

それはマリウスだけではなく、アモンたちもだ。

彼女たちはいつでも魔法を撃てるように準備しているようで、あとはその隙を作ってくれとばかりにこちらを見下ろしてくる。

……まったく、勝手な奴らだ。

俺は小さく息を吐いてから、じっとリービーを見る。

やけくそ気味に回転し続けるリービーへ、『挑発』を放つと、こちらに敵がいると認識したのか、俺のほうに再び突進してくる。

……たぶんだけど、音や魔力を頼りに回転しているんだろうな。

『挑発』が効かない相手というのも存在するし、そういった手合いとも相対したことはあったので、別の方法で敵の注意を集める必要があるというのも理解している。

要は、相手の注目を集める行為をすればいいので、俺は魔力を周囲に吐き出すようにしてリービーをこちらへ引き寄せる。

やはり、魔力に反応しているようですぐにリービーはこちらへ向かって回転してくる。

凄まじい迫力だ。じっとしていれば、圧し潰されるだろう。

俺はそれを迎え撃つために、身体強化を全開にする。

そして、俺は大盾へ『生命変換』を発動する。

同時、一気に地面を蹴りつけ、リービーへ向かって飛び込む。

リービーの突進と、俺の突進がぶつかる。

その瞬間、俺のスキルが発動した。同時に、リービーの突進が俺にも返ってくる。

凄まじい衝撃だ。

外皮が傷つけられているのがわかる。だが、俺はそれさえも攻撃に変換し、リービーの突進を――撥ね返した。

だが、さすがに俺もただでは済まなかった。全力に加速したリービーの突進に弾かれ、地面を何度か転がってから体を起こした。

それから、リービーの様子を確認する。

吹き飛んだリービーは壁に直撃していた。

そして、そこへ……ニンとアモンが笑顔とともに魔法を放っていた。

悪魔のような笑顔だ。そんな二人とは対照的に控えめな少し困った様子で魔法を放つルナが天使に見えた。

それぞれの魔法がリービーへと打ち込まれると、リービーの体を様々な色の光が飲み込み……その光が収まると、そこには変身の解除されたリービーの姿があった。

迷宮全体が揺れるほどの衝撃音とともに、リービーの体は壁にぶつかり止まった。

砂煙を巻き上げたリービーの体は、元の姿に戻っており、目からは生気が抜けていた。

やがて、その体の先からゆっくりと霧のように消えていった。

……息苦しさに似たものを感じていた空間から、それらが払われていく。

迷宮内のどこかざわついた雰囲気はすっかり落ち着いたものへと変わり、それを確認したアモンがぽつりと口にした。

「これで迷宮の所有権はリービーに戻ったはずじゃ」

空から降りてきたアモンの言葉に、俺は安堵の息を吐いた。

これで、迷宮の問題は解決だ。

となれば、現在進行形で襲われているであろう村の問題も、どうにかできるはずだ。

「そうか。それなら、あとはリービー次第か？」

「そうじゃな。あとはリービーがそれに気づいて魔物たちを止めるだけじゃな」

「それなら……とりあえず、村に戻ろうか」

万が一、という可能性もあるからな。

立ち上がった俺は、すぐに皆とともに迷宮を脱出した。

ミーティたちを信じてはいるが、それでも、不安がまったくないわけではない。

リービーと別れてからそれなりに時間が経っている。

……何もなければいいんだ。

僅かに渦巻く最悪の可能性を払いながら、村へと戻った俺たちを出迎えたのは――。

「あら、久しぶりね」

リービーだ。

相変わらずの調子であるが、いつもよりは疲れたように見える。

それでも、普通の雰囲気を装うようにしているのは、そのほうが俺たちをからかうことができるからかもしれない。

リービーから視線を外すようにして村を見ると、そちらは全く傷ついている様子はなかった。

村の周囲は戦闘跡が残っていたが、村の外壁から内側のすべては完全に守られている。

それらは恐らく、リービーの隣にてぺたりと倒れこむようにして休んでいるミーティたちのおかげだろう。

ミーティは完全に横になっており、とてもではないが聖女とは思えないほどの休みっぷりだ。

その隣には同じくラナとレナが横になっていた。

……とりあえず、問題なさそうだな。

そんなミーティのほうへ近づき、ニンがばしばしと肩を叩いて起こす。

「やったじゃないミーティ」

「や、やりました……くたくたですわ……」

「ほら、あんたやればできるのよ。次からはもっと魔物が多い地域にも行けるわね」

「そ、それは……できればまだ行きたくありませんわ……」

よほど疲労していたのか、ミーティの表情は引きつっていた。

……まあ、大丈夫だろう。

とりあえず、村全体を見ても無事なようだし、ひとまず今回の依頼はこれで完了でいいだろう。

エピローグ　人間と魔王

迷宮攻略を終えたその日は、イージス村に泊めさせてもらった。

軽い宴(うたげ)のようなものも行われたのだが、教会騎士や村の人たちのはしゃぎっぷりは凄(すさ)まじかった。

……よく、戦い続けたあとにあれだけ動けるな、と思ってしまった。

そして、翌日。

俺はアモンとリービーとともに迷宮へと来ていた。

迷宮の所有権自体はリービーへと戻ったようで、俺たちは早速リービーとともに迷宮の管理室へと移動する。

中はアバンシア迷宮とは造りが異なっており、なんというか先鋭的な造りとなっていた。

俺が中を見回していると、リービーとアモンがすぐに迷宮の確認を行っていく。

主にアモンが動いており、リービーと俺はそれを後ろから眺めているだけだ。

リービーをちらと見て、問いかける。

「……もう少し、自分でどうにかしたほうがいいんじゃないか？」

「アモンが頼ってもいいって言ってくれたのだから、任せることにしたわ」

「それはもはや任せるというか押し付けじゃないか？」

「いえ、違うわ。頼っているだけだわ」

言い方次第だな。

ただ、アモンは迷宮の管理は好きなようで特に苦にしている様子はなく、楽しそうに虚空に手を伸ばしている。

アモンのほうを眺めていると、彼女はニコニコと笑顔とともに虚空に何かを展開した。

それは迷宮内の地図のようだ。

「ルード、ルード。今ちょっと地形をいじっているんじゃが、どうじゃ？　この感じはよくないかの？」

……無邪気な子どものように聞いてくる彼女に俺は苦笑とともに地図を眺める。

アモンの問いかけに応じながら、一冒険者として迷宮について意見を出していると、あっという間に一時間ほどが経過してしまった。

「ふぅ、とりあえずこんなところじゃな」

アモンがそう言ったところで迷宮の最低限の調整は終わり、これで完全に迷宮についての問題もなくなったようだ。

「もう、これで暴走とかの心配はしなくていいのか？」

「そうじゃの。あとは、リービーが適当にいじるようなことがなければ大丈夫なはずじゃ」

俺たちの視線はリービーへと移り、彼女は腕を組んで微笑を浮かべる。

「そうね。私が自棄にならないよう、ちゃんとフォローするのよ？」

「自分で言うんじゃないんじゃよ、まったく。次から、何か変えるときはわしに報告するんじゃ。いいの？」

「……はーい」

「それと、簡単に使い方ももう一度教えるからの。ほら」

この迷宮はアバンシア迷宮とは色々と造りが違う。

鏡のような迷宮のそれをタッチし、リービーが迷宮の管理を開始していく。

リービーの隣にはアモンが立っていて、様子を確認している。

「アモン、魔物の出現とかの操作ってこれでいいのかしら？」

「別に構わぬが……今の設定だと迷宮に入った瞬間に魔物に囲まれるようになっておるぞ？」

「奇襲がかけられるわね」

「ルード。この迷宮どうじゃ？」

「俺なら入りたくないな」

そんな冗談を交わしながら、迷宮の体裁を整えていると、リービーがぽつりと言葉を漏らした。

「……そういえば、はっきりとは言っていなかったわね」

リービーはそう前置きをしてから、こちらを見てくる。その横顔は少し照れているようにも見え、俺は不思議に首を傾(かし)げた。

「……ありがとう。私が原因での迷宮の暴走を抑えてくれて」

ぼそりと呟(つぶや)くように言ってきたリービーに、俺は少し驚いてしまう。

普段、ふざけていることが多い彼女が大真面目にそう言ってきたのが、意外だったからだ。

「……何かしら？」

返事ができずに黙っていると、頬をわずかに染め、拗(す)ねたようにこちらを睨(にら)んでくるリービーに首を傾げられる。

先ほど抱いた気持ちのままに、リービーを茶化すこともできるが、それはせっかくの素直さを見せてくれたリービーに悪いだろう。

「別に、気にしないでくれ。依頼があったから、俺たちは攻略に来ただけだ。礼を言うなら、危険な旅をして伝えに来てくれたミーティに伝えればいい」

その言葉に、偽りはない。

依頼主が誰であろうと、困っているのなら助けるだけだ。

俺が今のように成長できたのも、色々な人たちが助けてくれたからだしな。

「……本当、意外だわ。もっと魔王っていうのは人間に恐れられるものだと思っていたわ。ミーティもあなたも、不思議ね」

そう言ったリービーは、いつもの微笑を浮かべながら、迷宮の管理へと戻っていった。


「とりあえず、問題なさそうだし俺は一度村に戻るな」

俺がここに来たのは、迷宮が沈静化したのかを確認するのが目的だ。

もともと、迷宮の管理はそこまで詳しくないので、アモンに任せればいいだろう。

俺の言葉に、アモンが上機嫌なままに頷いた。

「そうかの。わしはも少し――」

「よろしくね」

「おまえは残るんじゃよ、リービー」

ちゃっかり俺についていこうとしたリービーだったが、アモンに右腕を思いきり引っ張られた。

リービーは渋々といった様子でアモンの隣に座り、迷宮の管理についての話を聞き始めている。

まあ、俺たちもいつまでもこの村に滞在しているわけではないからな。

リービーが迷宮の場所を移さない限りは、今後は彼女が自分で迷宮を管理していかなければならない。

きちんとここで覚えて、二度と今回のような問題を起こさないでいただきたい。


村に戻ってきた俺は、たまたま村内を歩いていたミーティに声をかけられた。

「あっ、ルード様。今ちょっといいですの？」

「ミーティか、どうしたんだ？」

視線を向けると、彼女とその護衛といった様子でラナとレナがいた。

ミーティたちと話していた村人たちは、俺に笑顔と短い感謝の言葉を投げかけて立ち去っていく。

「……その、リービーのことで少し相談がありまして。歩きながらでいいので、話を聞いてくれませんこと？」

「ああ、別にいいけど」

あまり周りに聞かれたくない話だったのか、ミーティはちらちらと周囲を眺めている。

ラナとレナは呑気に近くを飛んでいた蝶を眺めていて、本当にミーティの護衛として機能しているか疑問が浮かんだ。

俺たちは教会代わりのテントを目指すように歩き出した。

「それで、どうしたんだ？」

歩きながら問いかけると、ミーティは小さな声で口を開く。

「……リービーのこと、どうなるのでしょうか？」

「どうなるって……どういうことだ？」

「その……彼女は、魔王……ですわ。ですから、やはり捕らえられてしまうのでしょうか？　ルード様は、他にも魔王と戦って、実際に捕らえていますわよね？」

魔王、という言葉はとても小さなものだった。周りに聞かれたくなさそうにしていたのはたぶんこれのことなんだろう。

「そうだな」

そう言うと、ミーティはぎゅっと唇を結んだ。悲しそうな表情とともに、彼女がずいっと顔を寄せてくる。

「お、お願いしますわ。リービーのことは黙っていてくださいまし。そ、その……今回は色々とありましたけれど、別に迷惑をかけようとしてのものではありませんし」

ミーティが必死な様子で弁解の言葉を並べていき、体を寄せてくる。

そんなことをされると、周りの注目も集めてしまうので、それこそリービーの存在について の話が周りに聞かれてしまうだろう。

俺はミーティの肩を掴み、落ち着かせるように笑顔とともに答える。

「あ、慌てなくても大丈夫だ。別に、俺はすべての魔王を捕まえるとかそういうのが目的じゃないから」

「そ、そうですの？」

「ああ。アモンだって、別に自由にしてるだろ？」

「そ、それは……そうでしたわね」

「……昔がどうだったのかとかはよくわからないけど、悪いことをしないなら自由にしていればそれでいいと思うんだよ」

「……つまり、リービーも大丈夫、ですの？」

「ああ。ただ、暴走しないように監視だけはしていてくれよ？」

「もちろんですわ。ありがとうございますわ、ルード様！」

嬉しそうな笑顔を浮かべるミーティを眺めながら、俺は少し考えてしまう。

……魔族、魔人、人間。

その関係を知っているリービーからすれば、不思議そのものなのかもしれない。

昔は、敵対してしまったのかもしれないが……今はどうなのだろうか？

マリウスやアモンやリービーは、少し変わったところはあるが、普通の人とそう変わらない。

彼ら彼女らにも、俺たちと同じような趣味嗜好があり、そのために生きている。

今なら、お互いに歩み寄っていくこともできるのではないだろうか？

俺がマリウスやアモンと仲良くやれているように。

ミーティがリービーと仲良くしているように。

……今の時代なら、それも可能なんじゃないかな、と思う。

魔界には、魔王だけではなくたくさんの魔族もいるんだよな。

……どうにか、仲良くなれないものだろうか？

そんなことを、少しだけ考えていた。

閑話　恋バナ

迷宮攻略を終えてから数日後。村の外を歩いていると、突然ミーティが声を上げた。

「あのー、ちょっとお聞きしたいことがあるのですが……」

俺がミーティへ視線を向けると、同行していたルナやアモン、ニンの視線もミーティに集まった。

「どうしたのよ？」

「その……ルード様とニン様の関係についてお聞きしたかったのですの……」

また突然の質問だ。ミーティの問いかけに、ニンが首を傾（かし）げる。

「だってよルード。あんたが代わりに答えてちょうだい」

「別に……。普通にクランの仲間だ」

これくらいだ。しかし、ミーティはその返答が気にくわなかったようでずいっと顔を寄せてくる。

「そうなのですの？　では、他の女性の方について教えてくれませんこと!?」

「ど、どういうことだ？」

問いかけると、ミーティがすかさずアモンたちのほうへと手を向ける。

「まず、こちらにいる二名の方との関係はいかに!?」

「ほほぉ、ミーティよ。わしとルードの関係について、踏み込んでくるのかの？」

「やや？　もしかして、何かありますの!?」

おい、アモン。あることないこと言おうとしているんじゃない。

「わしとルードはの。初めは敵対していた関係なんじゃ。さらにの。ルードがこう言って
くれたんじゃ。おまえと俺との関係をここで終わらせたくはない！　と」

力の入ったアモンの演技に、すっかりミーティは信じ込んでいるようだ。

俺はアモンを止めようとするが、彼女が普段は出さないような力で抵抗してくる。

「それはつまり、一体どのような関係なんですの!?」

「それはのぉ。ルード、言ってもいいかの？」

ケラケラと楽しそうな様子のアモンを力で黙らせるのは無理そうだ。

そういえば、以前素直に褒めたら照れていたな。

案外、そういった方面で攻めるのがいいかもしれない。アモンがからかったような顔で
見てくるものだから、こちらも反撃を仕掛けることにした。

「俺とアモンの男女の関係についてか？」

「んぬ!?」

予想外、といった様子でアモンが声を上げ、その頬が紅潮していく。

とはいえ、この攻撃はやや俺にもダメージがある。恥ずかしさはあったが、そんな素振(そぶ)りを見せればアモンにやられる……！

動きが止まったアモンに、俺は笑みを返す。

「なんだアモン？　自分から言ったのに、顔が赤くなってるぞ？」

「あ、アホ！　わしは別にそんなことを言うつもりはなかったんじゃよ！」

……やはりこいつ、普段人をからかいまくっているくせに攻められるのは苦手なようだ。

これ以上からかって全力を出されたら困るので、そこで謝罪する。

「冗談だ。ミーティ、アモンが言っていることは全部デタラメだ。俺たちとアモンは同じクランのメンバーで、仲間だ」

「そうなんですの？　どうしてアモン様はそれっぽいことを言いましたの？」

先ほどのアモンの様子を思い出してか、ミーティが頬を膨らませる。

「こいつ人をからかうのが趣味みたいなものだからな。面白そうなこと見つけたらすぐ首突っ込んでくるから、隙(すき)を見せないようにな」

「むぅ……そうなんですのね」

これでミーティの好奇心も少しは抑えられただろうか？

俺がちらとアモンを見ると、彼女はまだ恥ずかしそうに俯いている。さっきのせいか？

普段あまり人をからかうことがないので、もしかしたら加減を間違えてしまったかもしれない。

「アモン、さっきは悪かった」

俺が慌てて謝罪をすると、アモンはきょとんとした様子で首を傾げる。

「ぬ？　何のことじゃ？」

「いや、さっきはからかって……それをまだ気にしているのかと思ったんだけど……」

「それは別にいいんじゃよ。それよりの、ルードよ。さっきの……わしのことを仲間と思っているんじゃな？」

「ああ、そうだけど……アモンは違ったか？」

「いや、違うことはないの。ああ、そうじゃな」

アモンは納得した様子で嬉しそうに笑っていた。とりあえず、よしとしようか？

「最後に質問良いですの!?」

びしっと綺麗に手を挙げたミーティの視線がルナへと向く。

「……なんだ？」

「ルナ様！　ルナ様との関係はどうなのですか!?」

「わ、私ですか!?」

それまで周囲の警戒にあたっていたルナが驚いたようにこちらを見る。

ルナだけが魔物の監視を続けている。唯一の癒やしを守るため、俺が代わりに答える。

「ルナも普通のクランメンバーで仲間だ。もうこれで満足したか？」

「つまり、男女の関係はない……と？」

ミーティが再度ルナに問いかけると、こくこくと首を縦に振る。

「私とマスターとの間にそういうものはありません！」

「そうだ。特にルナは俺にとっての妹みたいなものなんだ。ほら、そろそろ魔物狩りに戻るぞ」

「……マスター？　妹？」

ルナが俺の言葉にぴくりと反応し、傍聴していたニンが声を上げる。

「ちょっと待ちなさい、ルード。あんたにとっての妹ってかなり高ランクじゃないの？」

「いや、何がだ？」

「だから。あんたってちょっと妹に対して異常に過保護じゃない」

「別に普通だぞ？　リリアに訊いてみろ」

「過保護代表に聞いたって返答は変わらないでしょうが。妹のように大切ってルナがこの中だと一番評価高くない？」

「人に対して優劣をつけたくはないが……そうなるかもしれないな」

「ま、マスター……そこまで私のことを考えていてくれているのは嬉しいです……妹のようにとばかり見られるのも困りますが……」

ルナは嬉しそうにしながらも頬を僅かに膨らませていた。

「つまり……今のルード様は特に何かこう、どなたかと深い関係があるわけではないのですね」

「……そうだな」

「わかりましたわ。それでは他の聖女にもそう伝えておきますわね」

「気になっていたんだが、そんなに噂が流れているのか？」

「噂というか、もはや事実のように伝えられていますわね」

おいニン。俺がジトリと見たが、ニンは誤魔化すように歩き出す。

「ほ、ほら、余計な話してないで魔物狩りに行くわよ。まだ迷宮から出た残党が残ってるかもしれないんだから」

そもそもはミーティに好奇心を抱かせるような発言をしたニンにも責任はあると思う。

だが、それを指摘する前にニンは歩いていってしまった。


〈『最強タンクの迷宮攻略 6』へつづく〉

この作品に対するご感想、ご意見をお寄せください。

●あて先●

〒101-0052 東京都千代田区神田小川町3−3
主婦の友インフォス　ヒーロー文庫編集部

「木嶋隆太先生」係
「さんど先生」係

ヒーロー文庫

最強タンクの迷宮攻略 5

木嶋隆太

2023年3月10日　第1刷発行
2024年1月31日　第2刷発行

発行者　廣島順二

発行所　株式会社　イマジカインフォス
〒101-0052 東京都千代田区神田小川町 3-3
電話／03-6273-7850（編集）

発売元　株式会社　主婦の友社
〒141-0021
東京都品川区上大崎 3-1-1 目黒セントラルスクエア
電話／049-259-1236（販売）

印刷所　大日本印刷株式会社

ISBN 978-4-07-454830-9